秋笛
——
著

人民东方出版传媒
東方出版社

白露阳春日桃枝缀水晶
風催花落後何故又多情

刘晓霞女士诗抄 丁酉年晨 李石东记

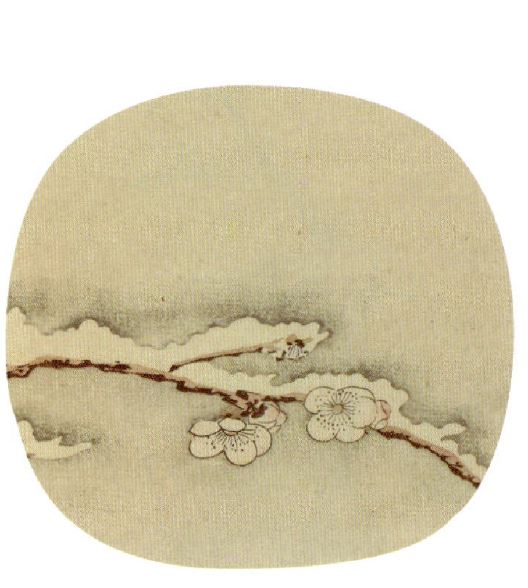

序一：遇见诗歌，遇见你

从1980年那个秋天开始，我和晓霞相识、相知已经37年。无论是在燕园，还是离开北大，这几十年，我基本上算是秋笛诗词的第一个读者。虽然最近十几年，我有了自己的家，不像之前那样经常泡在她家里了，但作为她的诗歌最忠实的读者，一以贯之。

但是，两个人靠得太近，彼此已做不到理性地审视对方，更何况我和她本来都不是理性的人。我无法评价她这个人，我也无法评价她的诗。这么多年，无论见与不见，她生活中的每一步，都有我的注视；她的每一首诗，无论悲喜，我都知道它的底色。我只想说，晓霞，这几十年，遇见诗歌，遇见你，真好！

当我们十六七岁的时候初进北大，在那个为赋新词强说愁的年龄，那个园子里的一草一木，在我们眼里都带着诗性。似乎无所谓格律的学习，也无所谓风格的选择，我们凭着本性，一下子就冲到诗歌的海洋里。20世纪80年代北大的诗人灿若繁星，微末如我辈只可仰望，但这丝毫没有影响我们对诗歌的热爱。只是，写诗，于晓霞，是真性情，一如她的笔名，秋笛，一直在吹响；于我，更多的是少小离家的彷徨，亦如我的笔名，梦天，脚踏实地之后就渐渐遗忘。毕业以后，我几乎不再写诗，一任笔底荒芜。而晓霞一直笔耕不辍，尤其是在这次生病后，更是全身心投入，几乎到了日进数首的速度，创作的水平也日渐精进，让我既敬佩又心疼。不得不说：晓霞，真诗人也！

诗乃心之声。我知道，是晓霞眼里、心里美好的东西太多，她怕来不及，所以在争分夺秒地写。我祈求上苍，多给晓霞一些写诗的时间。我愿多看到她的诗歌，我也盼着为她出第二本、第三本……诗集！

柳福华

2017.7.3

序二

从小就喜欢诗词，但除了胡诌几句外并无造诣，然对诗的欣赏随年龄增长而有更多感悟。

好的诗词应是修养的积淀，情感的抒发，心境的写照，精神的波涛，灵魂的回声，生命的舞蹈。

诗如其人，秋笛（原名刘晓霞）同学的诗如求学之不倦，执政之进取，生活之尽心，艺术之天成。铿锵自去粉黛，率真必除晦涩，底蕴孕育精美，情怀辉映洒脱。诗展画卷，词谱乐章；字吐日月，句问人生。

人生一世，境界在于精神，凝结精神之作品自然浓郁当代，回甘未来。能为秋笛同学的作品的出版做点事，三生荣幸。

祝愿秋笛同学健康，陈年老酒需要时间酝酿，秋笛同学未来的作品无疑会更加香醇。

是为序！

肖微

2017.7.23

目录

律诗

咏济南八景 003
冬韵 004
登蓬莱阁 005
游烟台 006
秋分 007
秋思 008
乡愁 009
京洛 010
秋雪有思 011
渔阳秋思 012
裸纤 013
秋游燕京八寺 014
秋韵 018
长相思 019
小雪祭 020
四季 021
北国冬日 023
冬至十七孔桥 024
题蒹葭立雪图 025
思洛阳 026
无锡印象 027
喜贺悉尼诗词汇
微刊创刊 028
蕉岭吟 029
梅州行 030
题花萼楼 031
赏青梅 032
元旦有感 033
新年客思 034
福田同学聚 035

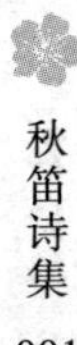

佳节思亲 036
客居海棠湾 037
腊八寓怀 038
题钟爱一生照 039
喜贺澳洲诗社春节联欢 040
戏荷 041
客居海南 042
病旅海棠湾 043
咏孔雀羽毛 044
咏水仙 045
咏银柳 046
咏珊瑚 047
除夕感怀 048
春节感怀 049
春节赏梅（一） 050
春节赏梅（二） 051
南国美人出游图 052
看故乡夜照有思 053
雪 054
立春 055
探春 056
北国风光 057
隋唐遗址公园雪中赏梅 058
芦花如雪 059
故乡上元夜 060
人约黄昏后 061
正月十五晨月 062
春节赏梅（三） 063
玉渊潭赏梅 064
春日晨思 065
雪中访梅 066
雪后访故宫 067
蜡梅 068
探春 069
雪霁 070
冰激凌火锅 071
相聚绿城 072
早春乡思 073
刘家同学聚 074
台北山庄 075
佳节思亲 076
游古北水镇 077
迎春花 078
题何芳垂钓照 079
春到什刹海 080
聆雨轩（一） 081
桃花运 082
别故人 083
母亲 084
樱之叹 085

孕育 086
纽约客 087
母亲花 088
春梦姑苏 089
枫望 090
春候 091
清漪园之春 092
答紫薇 093
贺圣典 094
天宫 095
佳人有喜 096
樱绪 097
宫怨（一） 098
宫怨（二） 099
南国记事 100
树之华 101
邂逅 102
岁月 103
云天中的桃 104
重游北大 105
神游明月山 106
窗前花下 107
知己 108
叹春 109
蝶恋花 110
仙境 111
莲花池春晨 112
玉渊潭之春 113
暖泉古堡 114
玲珑塔 115
颐和园之春 116
漓江行 117
阳朔吟 118
风中夜樱 119
樱桃沟山杏花开 120
美奈游 121
咏牡丹 122
神游妙峰山 123
美奈仙女溪 124
缘聚锦芳 125
美奈海滩晨景 126
京华四月天 127
水岸春思 128
落英叹 129
梨花吟 130
山西古院 131
丁香花 132
暮春吟 133
海棠雪 134
落红赋 135

昙花吟 136
牵牛花 137
屈原祭 138
咏兰 139
白絮印象 140
重回燕园有感 141
异域秋思（一） 142
异域秋思（二） 143
落叶生平 144
桐花赞 145
黄河溯源 146
二呆 147
燕园百岁寿辰 148
相遇兰君 149
母女宴 150
蔷薇花语 151
丹霞地貌 152
思念 153
梦桃源 154
贺全球汉诗总会香港分会成立五周年 155
山林 156
笛 157
咏荷 158
鸳鸯 159
与何芳同游汉口里 160
与何芳同游古琴台 161
楚女 162
红楼女学子 163
昙华林之爱花女 164
游九华山有感 165
游中庙姥山岛有感 166
草原天路行 167
小城夜色 168
花海端午 169
观落日有感 170
忆童年 171
父亲（一） 172
父亲（二） 173
雨霁 174
傍晚即景 175
雨后访友 176
晨悟 177
蔡文姬 178
王昭君 179
杨贵妃 180
穆桂英 181
杜丽娘 182
午记 183
薛湘灵 184

小镇回眸 185
水乡小镇 186
农家乐 187
白素贞 188
羁鸟 189
山村采摘 190
荷塘晨韵 191
雨中曲 192
望友 193
登长城 194
自画像 195
茶 196

绝句

秋雪 199
水岸秋景 199
玉渡游 200
潭柘之秋 200
南澳春情 201
未名初雪 201
庆生辰 202
又一秋 202
雨后海鸥 203
老君山秋雪 203
水中枫 204
故乡秋思 204
晨景 205
云水行 205
野亭 206
夜之梅 206
吾家有女 207
傲雪红梅 207
白萝卜 208
七绝四首 208
咏白萝卜 210
重阳 210
梅州日暮 211
梁化青梅 211
探春 212
佳人乘舟 212
海南印象 213
金鸡报春 213
探春 214
思亲 214
北国除夕（一） 215
北国除夕（二） 215
北国除夕（三） 216
北国除夕（四） 216
团圆夜 217

楚国玉女 217
秋波媚 218
咏莲 218
冰雪佳人 219
城楼元宵夜 219
立春 220
玉质冰姿 220
金孔雀 221
鸳鸯会 221
悉尼上元日 222
春日画扇 222
春归 223
君子兰花开 223
水中仙子 224
心向悉尼贺胜会 224
重逢 225
小村庄 225
初春 226
小月河晚照 226
异乡隐士 227
聆雨轩（二） 227
木棉花写照 228
春之心事 228
樱花 229
春桃带泪 229
情痴 230
月光曲（一） 230
月光曲（二） 231
赏樱 231
游黄山 232
长城内外 232
扬州老房 233
绿屋 233
梅 234
佛光 234
望京海棠湾 235
春到慈寿寺 235
北海一念 236
落花梦 236
紫藤花语 237
谷雨思 237
秋韵 238
桃花源 238
印象桃树 239
北大情 239
袋鼠云图 240
佳节聚 240
黑天鹅 241
京城沙尘暴 241
后海赏月 242

桃花乡 242
致护士姐妹 243
蝶与梦 243
花影 244
题两淮豪生大酒店 244
盼 245

词

踏莎行·金山夜思 249
点绛唇·冷月弯弯 250
沁园春·雪 251
沁园春·立春雪赞 252
踏莎行·题聆雨轩 253
踏莎行·再题聆雨轩 254
千钟醉·故乡来相会 255
望海潮·忆烟台旧事 257
浣溪沙·蓬莱 258
盐角儿·咏云 259
盐角儿·咏风 260
十六字令·风之组歌 261
少年游·题香山黄叶村曹雪芹故居 262
水龙吟·病秋 263
清平乐·故园空寂 264
踏莎行·秋日黄昏 265
临江仙·秋雨思 266
如梦令·游花海 267
渔歌子·咏冰雹后之荷 268
浣溪沙·中州秋日 269
如梦令·游圆明园有感 270
永遇乐·题后海望海楼 271
鹧鸪天·游圆明园 272
清平乐·洛桂秋香 273
阮郎归·端午有感 274
行香子·颐和园秋思 275
行香子·秋意阑珊 276
朝中措·秋风落叶思 277
解语花·京城秋话 278
雨霖铃·乡思 279
莺啼序·先考刘公传 280
雨霖铃·悼慈父 281
梅花引·长相思 282
江城梅花引·念父恩 283
点绛唇·秋分 284
清平乐·游颐和园有感 285
梅花引·长相忆 286
盐角儿·题背影 287
一丛花·咏荷 288
念奴娇·登五台山 289

浪淘沙·忆衍能法师 290
东风第一枝·探春 291
解佩令·华年流水 292
蝶恋花·春消息 293
永遇乐·北国风光 294
一剪梅·瑞香 295
行香子·春愁 296
踏莎行·春雨 297
减字木兰花·萱草 298
松竹体新汉诗·咏牡丹 299
采桑子·毕业季 300
满庭芳·玉渡风光 301
短歌行（古风·外一首） 302
梅花约我小桥东 303

现代诗

春的时光 307
落叶 308
符号的暗语 310
致海棠 312
桃花梦 313
梅之梦 314
生命之叹 316
春光里的相逢 317
诗魂 318
梦与童话 320
晴 322
雪人 323
月光潮 324
爱情序曲 325
种子 327
春分 328
宫殿 329
遭遇沙尘暴 330
长城与桃花 331
大昭寺下午茶素描 333
错过 335
玄武湖之夜 337
放逐灵魂 338
我是谁 340
穿越 341
荒岛 342
云与鹦鹉 343
海棠雨 344
这一刻 345
端午祭 346
致 Deborah 348
油菜花地 350
枯木 351

朝圣	353	父女情	365
致二呆	355	父亲与体育	368
母亲	357	命大的父亲	370
日月同辉生命树	359	我的爱	372
共享单车	360	失眠的影像	374
父亲神采	361		
儿时的父亲	362	后　记	377
仙界	363		

律诗

咏济南八景[①]

趵醴高三尺，
明湖小棹翩。
锦屏春晓去，
寿客爽辰还。
历下听秋气，
鹊华看雨烟。
白云飞霁雪，
晚照逝流年。

1986.8.13

① 济南八景：锦屏春晓、趵突腾空、佛山赏菊、鹊华烟雨、汇波晚照、明湖泛舟、白云雪霁、历下秋风。

冬韵

遥望燕山白九阂，
灼然华雪造蓬瀛。
思君冷夜簪花意，
执我冰魂著艾情。
旧苑茶凉云鹤逸，
明玕骨傲菊兰清。
一心乘月寻苍翠，
五岭擎天汉水横。

2014 冬

登蓬莱阁

峭壁丹崖凌海阁，
纤云漫写太虚诗。
酣酣日脚岚烟起，
烈烈风头骏马驰。
两海分明交汇际，
三山隐约泛浮时。
千年仙道蓬莱醉，
拥雾翻波绝技施。

2015.8.9

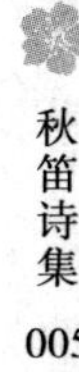

游烟台

烟台城外草萋萋，
绿藕白荷柳下蹊。
骤雨将停沧浪涌，
夕阳渐落海风习。
琼阁有怨空凝伫，
仙渡无人自憩息。
君在他乡相忆否？
窗前月色正迷离。

2015.8.10

秋分

寒霜冷露惹清秋，
月上林梢秀染眸。
美酒应怜萱草意，
桐花总望凤凰游。
难行世路云迷眼，
愁问人情发白头。
我欲乘风借明月，
闲观海市与蜃楼。

2015.9.27

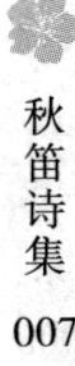

秋思

暮宿林溪水，
中宵看绛河。
广寒清瑟起，
大地紫烟罗。
苦旅同朋少，
迷途坎坷多。
经年何复在，
古井已无波。

2015.11.5

乡愁

寒水摇溪月，
孤鸿掠岸霜。
离人常慨喟，
隐士自癫狂。
古洛萦梦幻，
苍邙罩紫光。
他乡痴念起，
槛外客彷徨。

2015.11.8

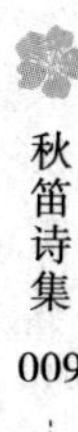

京洛

伊瀍暮日落山头，
白马嘶嘶下豫州。
皓月无心流万里，
金钟有意彻千丘。
浮生宦海思前事，
霜鬓仙林伴老鸥。
归去来兮凭自在，
披蓑着屐上邙牛[①]。

2015.11.9

① 邙牛指邙山、伏牛山，二者皆秦岭余脉。

秋雪有思

山抹微云漫九阙，
谢庭飞絮入寒波。
香炉[①]翠柏藏银盖，
御苑丹枫没雪窝。
夜半长河闻梵语，
平明焦尾奏禅歌。
休言此界难成道，
清净方能却玉珂。

2015.11.12

① 香炉指香炉峰。

渔阳秋思

菊尽荷残白苇依，
霜寒月冷路人稀。
归鸿声断燕山暮，
落叶魂消陌上飞。
世事无常求正见，
琴书有韵悟禅机。
昆明散锦佛香暖，
大觉冲虚清水徽。

2015.11.28

裸纤

川江号子彻霄天，
交会阴阳太上篇。
一纤托生三界命，
双肩牵起万钧船。
劳筋苦骨餐淫雨，
薄俸微薪泣杜鹃。
但愿苍冥怜裸凤，
休将血泪当醴泉。

2016.4.16

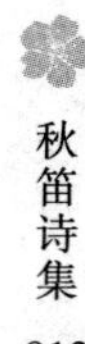

秋游燕京八寺

——步杜甫秋兴八首韵

其一　潭柘寺

杏叶初黄古柘林，西山云岫气浑森。
九峰拱彩呈祥瑞，千壑飞泉下太阴。
往事如烟常掩泪，浮生若梦屡关心。
杯亭怀远流觞曲，朗月遥听落寞砧。

其二　戒台寺

催寒暮雨落丝斜，朝日龙鳞气自华。
抱塔臂环僧祖墓，王碑剑指老松槎。
死生参破观三界，钟鼓擂鸣伴九笳。
月照人间明万古，水流咫地净莲花。

其三　大觉寺

兰香古柏两相晖，寂谧清池泻翠微。
水院茗毫芳馥在，燕园故友鹤云飞。
功名易老原当弃，天性难移怎可违？
昔日荣华槐梦去，坐观法镜自身肥。

其四　法源寺

月照廊檐看弈棋，丁香结雪化慈悲。
皇恩敕建怀忠日，殿宇天擎抚远时。
三界梦回乘鹤去，一心神往驾云驰。
星河欲暗驱长夜，病骨支离有所思。

其五　卧佛寺

铜铸金尊卧宝山，涅槃偏在柏梅间。
枫长承露迎香客，樱小飞红守圣关。
勘破死生师佛祖，修成正果绽欢颜。
遥思居士皈依事，遁入空门舍旧班。

其六　红螺寺

御竹三千掩客头，藤萝寄柏大明[①]秋。
成林独木知兴替，布道双螺解苦愁。
花绽绿汀飞彩凤，水漫银渚落沙鸥。
历经磨难归正道，且骑青驹访九州。

① 红螺寺曾名大明寺。

其七　云居寺

朱山造化巧天工，野渡秋寒逐鹿[①]中。
浩瀚长空盘古月，苍茫大地李唐风。
琼峰有洞藏千佛，舌血经书染万红。
宠辱临高皆忘却，醒来把酒一仙翁。

其八　碧云寺

王母遥瞻岭演迤，东升红日暖山陂。
花间白露新璎粒，坡下青桐老凤枝。
赴蹈先驱书尚在，追求真理志难移。
香炉月夜观天象，浩瀚苍穹斗宿垂。

2016 秋

① 朱山、逐鹿为山名。

秋韵

百叶纷飞草色黄，
青石枕冷裹秋霜。
风携万骑蹄穿户，
云卷千珠雨打窗。
四季轮回皆定数，
一生辗转是该当。
天如眷人有怜意，
海阔山高任我翔。

2016.9.27

长相思

邛山古道送勋劳，
弄玉吹箫正郁陶。
翠柏森森栖白鹤，
青松穆穆系金袍。
琼阶雨细舒麟趾，
桂阁风微起凤毛。
入土得逢晴日暖，
天公荐醑供仙桃。

2016.11.20

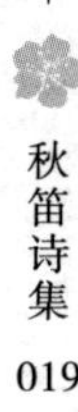

小雪祭

扬絮冰娥下九玄，
五云飞仗舞翩跹。
一庭鹅羽三更月，
十里松阴百道莲。
万树生须霜草色，
千家闭户宇岚烟。
离离翠柏齐擎雪，
八面临风伏墓前。

2016.11.22

四季

——步韵胡昂皇四季吟

春

喧风酥雨不知凉，信步廊桥半亩塘。
水柳初黄千树绿，青杨渐暖百花香。
莺鹂唱翠春声浅，燕雀呼晴白日长。
月夜思乡情切切，清明祭拜意祗庄。

夏

沉香溽暑两交攻，鸟雀呼晴跃玉笼。
知了无心嘈倦客，青蛙有意噪潮绒。
长浮宦海风波里，久旅渔阳鼙鼓中。
天若怜情酬我愿，高堂希冀莫成空。

秋

桂花泛泛暗香飘，蟾月悬空素女娇。
千里枫林染榴火，万山霜露撒琼瑶。
晨钟又起情思乱，暮鼓将阑五蕴消。
莫怨秋风不觉冷，冰心一片待明朝。

冬

长风永啸雀悲啾，万木萧疏鸟魄收。
野旷山低霜雪重，云清月近客魂幽。
人生自古多离散，世事从来饱苦愁。
但愿芳菲施暖意，夕阳紫翠忽岚浮。

2016.11.30

北国冬日

霾霭低沉燕赵天，
封门闭户破茶砖。
忽闻异域诗词韵，
漫品同根角羽弦。
欲把殷心存皓月，
更将雪魄寄清泉。
平生唯愿成人美，
扶正祛邪逐黩烟。

2016.12.17

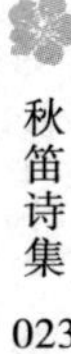

冬至十七孔桥

数九天光短，
虹桥孔钿金。
佛香浮慧海，
玉带泛云心。
灵兽躬弯月，
凌波洗霭阴。
廓如[①]鸥鸟去，
铜牯卧萧森。

2016.12.22

① 廓如亭坐落于十七孔桥桥头。

题蒹葭立雪图

北国晨初起，
苍茫冷冽侵。
人藏温室懒，
鸟躲冻巢深。
冬至包香饺，
阳春暖寸心。
蒹葭平野伫，
迎雪傲霜林。

2016.12.22

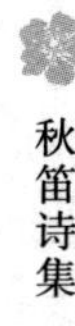

思洛阳

瀛梁飞渡涧西东，
四季山川景不同。
国色天香名冠世，
金刚古刹佛贻风。
两崖对峙龙吟水，
六驾腾奔气贯虹。
倦客生涯霜满路，
愁成梅雨且无穷。

2016.12.23

无锡印象

太湖烟翠篷帆小，
缥缈云霓映水红。
人间二泉团月印，
范公一美扁舟同。
少年得志夸豪语，
老大伤心叹落枫。
阅尽千秋吴越事，
成为魁俊败枭雄。

2016.12.24

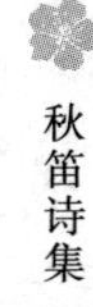

喜贺悉尼诗词汇微刊创刊

华夏魂连海外心，
鹤飞万里念瑶琴。
悉尼笛曲潇湘调，
南澳箫声唐宋音。
才子佳人相唱和，
社翁美媪共歌吟。
江河澎湃诗词汇，
喜庆微刊贯古今。

2016.12.25

蕉岭[①]吟

桂岭晨烟抱郁森，
天慵云懒卧葱林。
长潭水钓渔舟曲，
石窟河流偃月砧。
蕉软酒醇鱼味美，
栀肥椰大暗香沉。
鹊桥迎客清溪唱，
土舍烹茶媪妪音。

2016.12.26

① 蕉岭是广东省梅州市下属的一个县，原名桂岭。蕉岭是著名的长寿之乡，也是客家土楼保留比较完好的地方。长潭水库和石窟河均位于蕉岭县。

梅州行

风行五岭翠云低，
桂树浮香彩羽啼。
月伴木棉荣邸院，
星同凤尾舞潭堤。
金钟倒挂花如火，
蝴蝶[①]悬飞豆似笄。
粤北天寒侵病骨，
兴高竟自向梅溪。

2016.12.27

① 蝴蝶指荷兰豆的花朵，因其形似蝴蝶。

题花萼楼

红壤滋高竹，
清溪载运舟。
土围经血雨，
青瓦阅春秋。
花萼承梅雪，
棠华映泽流。
神州飞蝶落，
白马赐云楼。

2016.12.27

赏青梅

御景峰[①]间白，
流云送暗香。
林高摇疏影，
枝瘦闪星光。
岁月双溪水，
风尘两鬓霜。
梅园逢剑客，
清绝似孤芳。

2016.12.31

① 御景峰系山名，梁化梅园位于御景峰山谷之间。

元旦有感

曙色熹微露煦蒸，
晴光斜照满湖澄。
绒鸭恬淡浮池水，
白鹭悠然落树藤。
硬骨凌霄迎日笑，
软枝黄蝉[1]逆风兴。
龙船花绽新年至，
喜看春潮涌万层。

2017.1.1

① 硬骨凌霄、软枝黄蝉均为植物名称。

新年客思

银露呈辉勒杜鹃[1]，
红花玉蕊树婵嫣。
轻风拂拂龙吐珠[2]，
碧水洋洋石喷泉。
人处岭南逢节令，
客居海北适年关。
洛阳亲友曾安否，
寄意东君照瑞莲。

2017.1.2

---

① 勒杜鹃是深圳市花。
② 龙吐珠是植物名。

福田同学聚

翠鸟鸣箫笛，
悠哉蝶忽然。
天鹅浮荻苇，
绒鸭出青莲。
白鹭栖红树，
黄蝉卧木棉。
福田同学聚，
乘兴上南山。

2017.1.2

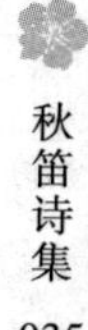

佳节思亲

露洒珍珠鹤憩船，
白胸翡翠叫缠绵。
凤凰叶似含羞草，
蝴蝶鳞如勒杜鹃。
春羽乘风归故里，
乡心伴梦入孤眠。
奈何霾霭遮晴日，
使我流离到福田[①]。

2017.1.3

① 福田是深圳的一个区。

客居海棠湾

胭脂龙眼竞娉婷，
玉案珠帘翡翠屏。
竹络山旁双院寂，
海棠湾内满庭馨。
亭香普洱迎征客，
池净斑琩享寿龄。
谁道遐宾生倦意，
殷勤主媪细叮咛。

2017.1.4

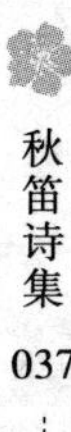

腊八寓怀

琼波碧水浪千重，
冉冉红云越岭峰。
犬印梅花听海韵，
鸥巡竹叶吻沙龙。
寄怀八宝烹情暖，
寓感金杯酌意浓。
谁拨丝葵琴管动，
但闻上院乐编钟。

2017.1.5

题钟爱一生照

——和滕晓熠

红衫抵朔风，
领袖裹玲珑。
眉黛飞清隽，
丝青秀四聪。
凝神春信报，
绽笑海魂疯。
谁说婵娟弱，
才能造俊雄。

2017.1.6

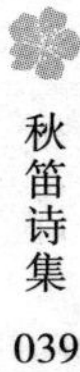

喜贺澳洲诗社春节联欢

——和王香谷

雅聚南洲国学扬，
汉家三社竞芬芳。
诗词书画丹心呕，
诵颂歌吟韵味长。
台上英才多济济，
堂前游子不彷徨。
魂牵华夏传文统，
梦绕神州万里航。

2017.1.18

戏荷

——题梁敏指画

须臾九月阑，
黄雀戏残莲。
锦羽摇香粉，
尖唇吻秀肩。
呼红兼唤绿，
激水又惊天。
何似飞秋笛，
兰溪棹玉妍。

2017.1.19

客居海南

客宿海棠湾，
风铃荡燕闲。
藤桥悬日月，
赤岭抱斑斓。
涵宇朱楼伫，
观涛梦雨潸。
南天无限好，
何以慰孤孱。

2017.1.19

病旅海棠湾

雾霾逐我客南方，
凤尾珊瑚慰别肠。
东道殷勤两不厌，
遐宾愧怍三当央。
疗疾七日常相伴，
刻骨一生永难忘。
寒至小年离海角，
归心不舍思海棠。

2017.1.22

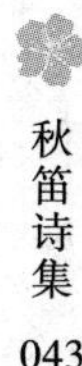

咏孔雀羽毛

翠羽蓬松俏画屏，
清姿绰约扮春庭。
褐眉碧眼生娇媚，
白颈金肢展袅婷。
阅尽人间风与物，
扬休华夏口和丁。
闻鸡起舞呈祥瑞，
凤鸟朝阳庇九溟。

2017.1.25

咏水仙

出水芙蓉腊月风，
素袍黄甲破青丛。
花分六瓣飞仙鹤，
蕊带三针憩片鸿。
香气袭人烹茗醉，
芳魂入梦伴灯胧。
蓬莱姑道凡间客，
福庆缘来五谷丰。

2017.1.26

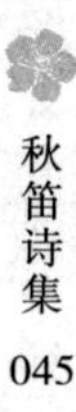

咏银柳

千星万点暖寒烟，
锦簇芳丛染陌阡。
雪映银芽回紫气，
冰融香柳瘦婵娟。
人寰彩树偷春色，
月下琼枝借凤仙。
苞落灵君情洒脱，
凡尘拂去自嫣妍。

2017.1.26

咏珊瑚

千手拂翩跹，
洋深锁众仙。
枝琼摇朔雪，
羽幻动瑶弦。
浓赤妆红袖，
桃珊愈病癫。
流年游五亿，
瑞宝道幽玄。

2017.1.26

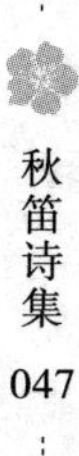

除夕感怀

风吹紫气飘，
雪舞梅花坠。
爆竹动情怀，
诗心荡春媚。
追昔岁有痕，
望远人无寐。
把酒问青莓，
何时金谷醉？

2017.1.27

春节感怀

烟明花似绣，
爆竹动天门。
万里传咨候，
千家聚子孙。
梅开融雪意，
孝至报慈恩。
元日围炉坐，
心香祭父尊。

2017.1.27

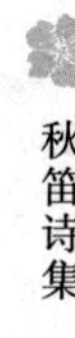

春节赏梅（一）

松柏留青意，
迎春暖色萌。
宿云檐望北，
耕织天放晴。
蜡木争芳艳，
清姿斗曲琼。
横斜擎乱玉，
香绕雪飞声。

2017.1.29

春节赏梅（二）

元日眺非烟，
冰池未见莲。
寒分香雪冷，
云宿瘦枝娟。
临玉参禅意，
怡神会铁仙。
心无尘坌落，
真色自悠然。

2017.1.30

南国美人出游图

——为程晨题照

风摇竹动江南美，
巷弄佳人嗅暗香。
倩影移时元日暮，
白云起处马头墙。
探微更向慈修院，
寻古须来敬爱堂。
道启聪明通法界，
净心正觉晓无常。

2017.2.1

看故乡夜照有思

金谷风吹寂，
红灯闹福熹。
鸡鸣春欲晓，
炮响焰飞芝。
五彩明池影，
三更未睡时。
行吟清泽畔，
何处寄相思。

2017.2.1

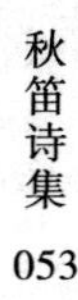

雪

乱玉堆云白，
冰晶磊冷陂。
遗霜浑写意，
结缕细寻丝。
野旷疑天语，
楼阴幻海岿。
凭踪探妙境，
北国雪葳蕤。

2017.2.1

立春

灯火清零际，
卢沟晓月残。
春归融永定[①]，
日出暖初攒。
醒困狮心笑，
临风柳意欢。
千寻桥沐吉，
使我兴文澜。

2017.2.3

① 永定指永定河。

探春

冰释昆明[①]玉阁遥，
窗含水墨慰清寥。
界湖桥上寻春色，
谐趣园中赏凤韶。
望尽西堤惊柳眼，
听完翠鸟品琼箫。
佛香曼妙云归处，
无意东风把客撩。

2017.2.5

① 昆明指颐和园昆明湖。

北国风光

——题照吉林雪景

白柳银枝颤冷江，
鸟飞绝迹邑苍凉。
舟横岸寂人无影，
雾散楼晴日有光。
融却冬寒冰万缕，
迎来昭节雨千行。
云生华魄烟含翠，
丹凤翩翩向九阳。

2017.2.6

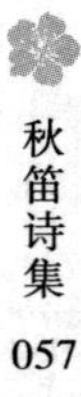

隋唐遗址公园雪中赏梅

梨花天下舞，
枝上点鳞苔。
玉露垂新蕊，
冰丝绣蜡胚。
探幽风渐渐，
问苑卉垓垓。
十五佳期近，
梅仙踏雪来。

2017.2.9

芦花如雪

青天悬白日，
熠熠照蒹葭。
明灿如飞雪，
清标比落霞。
初心非倚玉，
本意亦无邪。
渌水滋根叶，
芳踪遍重涯[1]。

2017.2.10

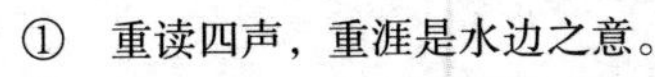

① 重读四声，重涯是水边之意。

故乡上元夜

龙门山色暮成灰，
月若金盘灿九垓。
爆竹冲天花似雨，
小锣动地鼓如雷。
云游元夜登烟树，
星点春枝落雪堆。
斗转人稀灯火尽，
银辉照我看冰梅。

2017.2.13

人约黄昏后

四城灯火连云碧，
落日烟霞映衬时。
西望鼓楼檐泛雪，
东巡旧巷屋怀熙。
千寻眷恋相逢际，
二月梅花并蒂期。
有意与君盟海誓，
烛光渐暗枉凝眉。

2017.2.14

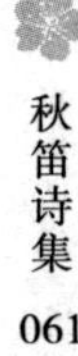

正月十五晨月

月悬铜镜熠，
金色醉如何。
杳渺巡天际，
微茫陨宇锣。
烟波腾桂殿，
寂意悔嫦娥。
百丈伤心树，
琼枝伐愈多。

2017.2.14

春节赏梅（三）

青松存翠意，
柳眼蕴新春。
云宿城关阙，
人趋古水屯。
寻香惊冷艳，
临玉叹精神。
澹韵生风色，
凌寒不死身。

2017.2.16

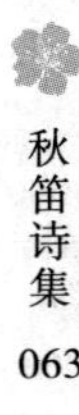

玉渊潭赏梅

午后玉渊岗，
黄梅缀碎芳。
扶摇开紫蕊，
蜡木扫眉妆。
傲雪因冰质，
超群靠内刚。
死生无所惧，
凛冽又何妨。

2017.2.18

春日晨思

旭彩交残月，
东君织锦裳。
听风千柳诵，
看水一舟扬。
梅蕊寻春暖，
山林共鸟翔。
秋来寒舍寂，
寿客独明堂。

2017.2.21

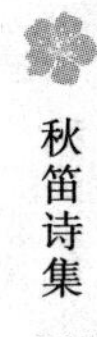

雪中访梅

蜡木凌溪岸，
黄昏艳绝滋。
风凉冰雪降，
枝澹靥文熙。
浴冷河开际，
携霜柳绿时。
天生持傲骨，
怎不吐兰芝？

2017.2.21

雪后访故宫

水融春色浅，
雪掩幽径深。
老树巢青鸟，
飞檐覆锦衾。
登楼寻旧迹，
禁苑释幽心。
岁月无声老，
颜衰鬓有痕。

2017.2.23

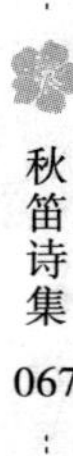

蜡梅

风吹万物苏，
冷蕊缀斜株。
孤艳凝云白，
琼香沁腑酥。
临窗听客语，
恋雪坐幽隅。
鹊弄疏枝影，
冰心照玉壶。

2017.2.23

探春

石舫佛香回[1]，
知春载客来。
鹊巢移旧岁，
绵羽[2]转新枚[3]。
霁朗乾坤暖，
清明日月开。
群山云缥缈，
曲水弄浮杯。

2017.2.23

---

① 石舫指北京颐和园石舫；佛香回是说万寿山佛香阁的香在画舫上空回旋缭绕。

② 绵羽为黄鸟的别称。

③ 枚指树干。

雪霁

长河浮绿意，
岸草返青时。
柳眼初萌醒，
飞鸦复戏嬉。
雪融光熠熠，
竹剪影离离。
日照诗心暖，
魂牵去意迟。

2017.2.23

冰激凌火锅

蜡烛温甜酱，
咖啡煮豆馨。
抹茶拼色味，
奶酪仗膏腥。
球蘸黄琼乳，
皮包褐布丁。
冰激凌美宴，
火锅太娉婷。

2017.2.23

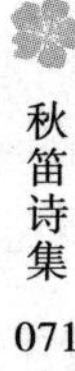

相聚绿城

燕燕飞南国，
栖身赤岭边。
忽闻天外讯，
忙赴绿城前。
对酒听陈事，
烹茶忆故渊。
芭蕉弹暮雨，
滴滴润心田。

2017.2.24

早春乡思

别院老山深，
春寒谷更阴。
天高归雁急，
野寂鸟惊心。
河洛筹新路，
花仙诱翰林。
远思邀夕月，
共旅觅乡音。

2017.2.26

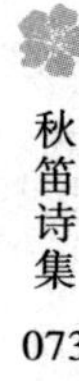

刘家同学聚

春早客来寻，
同窗友爱深。
幸交七期剑，
缘聚十年忱。
湘阁欢声远，
诸君语意殷。
午阑方尽饮，
郁郁别离心。

2017.2.26

台北山庄

云暗日西沉，
楼孤万岭嵚。
茶庄灯火照，
酒阁馥香侵。
伏案书诗赋，
倾壶酌神襟。
天人缘合一，
太极衍青林。

2017.2.27

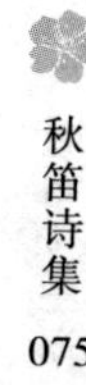

佳节思亲

飞鸿归北看春风，
雪缀琼枝似玉弓。
福喜成双红万户，
金鸡作对唱星宫。
秋心耿耿思前事，
赤子虔虔举酒盅。
祈愿光阴能倒转，
高堂之上拜家翁。

2017.2.27

游古北水镇

北国春来晚，
霜寒染两襟。
登台观夜象，
举烛照知音。
灯远连星熠，
情浓把酒斟。
晨归摇楫橹，
戏水忘如今。

2017.2.28

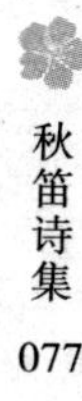

迎春花

寒日迎春客，
枝倾陌上栽。
临风张六裂，
复叶出三枚。
晕染黄金甲，
名标傲雪魁。
青藤如凤翼，
彩羽向天开。

2017.3.4

题何芳垂钓照

——和滕晓熠

楚女躲清闲，
乘风钓九寰。
云移莲朵动，
霓笑远山殷。
放线姜公稳，
收竿竹木弯。
今生无憾事，
福喜写眉间。

2017.3.5

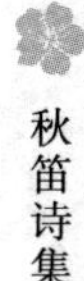

春到什刹海

蓝天灰瓦衬红墙，
檐际留晴乳燕双。
两盏灯笼斜日影，
一泓春水破冰窗。
栏杆玉白童堆雪，
杨柳枝青鸭戏江。
胡同深深藏旖旎，
鸽声远去响京腔。

2017.3.5

聆雨轩（一）

——赠宋公凌禹

犬吠迎宾客，
春风鸽哨传。
锦鳞争宾宠，
暴马[1]赠情绵。
酌酒筹嘉友，
登台望陌阡。
檐头听日月，
聆雨看云烟。

2017.3.10

① 丁香名。

桃花运

出门逃寂寞，
移步石桥边。
夕照光方炽，
桃花色正妍。
望春春且去，
惧死死犹缠。
可叹夭容运，
殷勤也枉然。

2017.3.14

别故人

晨起闻禅乐，
东林别故人。
叹其多智慧，
愧我太痴嗔。
净土连青岸，
尘凡脱六轮。
机缘何错过，
难得出离因。

2017.3.16

母亲

晨起三更睡，
霜风茹苦辛。
日移梅影瘦，
岁老爱花深。
乐善施逋客，
持家克俭箴。
幽怀牵故土，
念动抚心琴。

2017.3.17

樱之叹

二月樱花早，
纯情缀满枝。
清风吹旧影，
彩蝶恋新姿。
谁惹芳心动，
香寻雪魄追。
苍茫何处觅，
流水寄相思。

2017.3.17

孕育

十月怀胎苦，
丰姿却动人。
容辉天上日，
腹孕海中鳞。
顾影生欣喜，
观音叹妙真。
一声啼哭始，
母爱永无垠。

2017.3.17

纽约客

厦高将月掩，
人迹没楼林。
顾影玻璃镜，
牵云铁石岑。
教堂崇圣母，
学院养疏襟。
异域多离客，
相逢问暖深。

2013.3.18

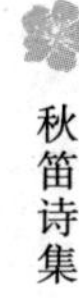
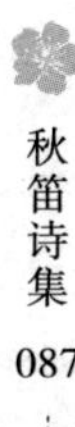

母亲花

——献给我的母亲

二月花开独秀丛，
繁华绽尽遁山中。
天怀桂魄观音白，
地挽东君照殿红。
一盏孤灯哀鬓老，
两行热泪叹能穷。
心怜儿女前途远，
嘱语三声爱意浓。

2017.3.18

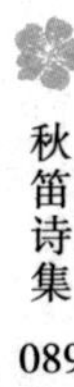

春梦姑苏

桃花团似扇，
日月灿如金。
庭院栖孤树，
碑身刻世箴。
窗含千节竹，
廊荡百年音。
春望姑苏梦，
堂经雪雨淋。

2017.3.19

枫望

枫艳如苏绣，
繁华长满身。
千林生紫气，
万叶炫冰轮。
凝目倾思慕，
挥毫诉怨嗔。
一朝相对饮，
携手看星辰。

2017.3.19

春候

堤上桃方艳，
渠边柳正新。
青天留梦影，
渌水抱春身。
恤草伤心碧，
怜花惜我嶙。
紫薇赠弓乙，
彼岸有真人。

2017.3.19

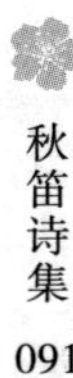

清漪园之春

清漪园色暮，
玉带拱含春。
曲岸分桑柳，
轻风抚羽鳞。
望山愁思远，
看画赋诗新。
紫照妆浮绘，
廊亭蝶恋真。

2017.3.19

答紫薇

三月桃花雪，
春风焕柏仪。
朝来幽径寂，
冰挂老房弥。
美景驱烦虑，
禅音保洽熙。
红山朝圣面，
流水遇相知。

2017.3.19

贺圣典

——和晓熠

隔岸观典仪，
心潮激奋时。
舞狮开幕式，
游客举旌旗。
长赋歌先祖，
华人奠琬碑。
南洋升紫气，
四海共昌熙。

2017.3.19

天宫

雪界桃花盛，
红宫寂寞高。
一流穿五拱，
百鸟荡千绦。
独步寻幽处，
寻思脱念牢。
悠悠天地广，
何奈一诗涛。

2017.3.20

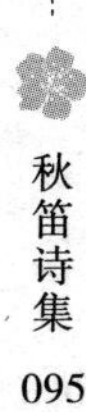

佳人有喜

月落西窗下，
棂旁细雨轻。
佳人身有喜，
好梦夜无声。
祈福登禅寺，
邀欢摄影棚。
随风挥广袖，
客栈品茶羹。

2017.3.23

樱绪

春寒樱烂漫，
香气袭心扉。
粉蝶情牵蕊，
游人意恋薇。
低眉藏郁怅，
笑面掩歔欷。
雨细君长梦，
花随梦醒飞。

2017.3.23

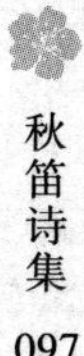

宫怨（一）

紫禁藏春色，
桃花尽展芳。
虬枝妆瓦垄，
粉黛俏宫墙。
晴暖幽心寂，
阴寒雪魄香。
缤纷檐下落，
聆雨恨情长。

2017.3.25

宫怨（二）

玉树蓬宫院，
云飞碧瓦坡。
吹梅伤泪眼，
怨笛痛心窝。
汉石阶前伫，
幽门帐下歌。
彩窗屏视野，
金屋困娇娥。

2017.3.25

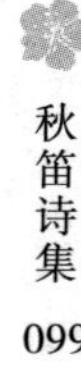

南国记事

木棉花正艳，
风淡夜来香。
琼岛春行客，
西山暮下妆。
云舒栀子蕾，
雨润牡丹芳。
缱绻星辰短，
蜂飞露华凉。

2017.3.26

树之华

秋木衔朝日，
暾辉扫夜凉。
千枝擎紫气，
一眼唤玄苍。
浩瀚云天际，
清明善信方。
襟怀宽纳宇，
岁月自悠长。

2017.3.26

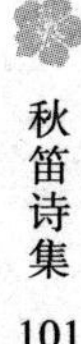

邂逅

南风吹管瑟，
别舍暖香盈。
彩凤惊颜色，
金阳射画楹。
举杯谈世事，
侧目掩真情。
耳畔倾心语，
魂驰蝶梦生。

2017.3.26

岁月

连翘花开早，
其明映古桑。
暾辉颜更媚，
树衬靥微芳。
抚木怜春去，
含英咀岁苍。
年轮心里刻，
流水逝时光。

2017.3.27

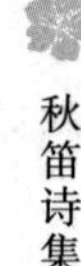

云天中的桃

——赠宋建华

桃花乘鹤去，
直上白云端。
瑟瑟风吹耳，
惺惺目看峦。
展枝游奥宇，
抱月诉悲欢。
此界无尘浊，
清幽伴我安。

2017.3.27

重游北大

未名湖色灿，
博雅塔身峣。
晨起闻莺婉，
瞰斜照杏夭。
红楼迎古径，
老树散新苗。
华表何多意，
今人识几条。

2017.3.27

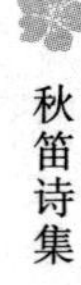

神游明月山

——赠阿福

云淡山衔月，
冰轮映水圆。
玉干擎雪节，
枯木遇春天。
造化成妆彩，
湍流锻石坚。
临亭江作镜，
对鬓戴桃嫣。

2017.3.28

窗前花下

——贺程晨喜得贵子

花窗观秀色，
媛女嗅兰香。
独坐琼枝下，
遐思玉阁旁。
倾身披白雪，
眯眼忆青棠。
春燕欢声动，
神魂月里翔。

2017.3.28

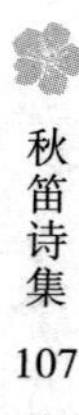

知己

兰心幽室暖，
琴瑟奏和鸣。
黛色依屏默，
蓝颜注目宁。
挥毫书仰慕，
执扇掩深情。
酌酒筹知己，
千杯怎奈卿。

2017.3.29

叹春

朝霞辉水暖，
曙色入高楼。
樱放花如伞，
河浮榭似舟。
来京无片语，
留照作诗酬。
得意春风畅，
人情逐岁流。

2017.3.30

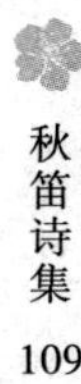

蝶恋花

禁苑繁华盛，
文津阁上人。
牡丹诚国色，
洛女太天真。
蝶去无音信，
魂牵有系亲。
红尘迷梦眼，
辜负我花神。

2017.3.30

仙境

——为王香谷题图

傍晚云开日，
秋初暮雨时。
神光辉玉宇，
琼树弄仙姿。
栖谷琴吟鹤，
居坳剑配棋。
阳台观妙景，
万象恰鸿熙。

2017.4.1

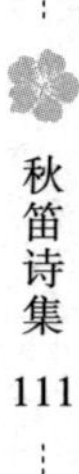

莲花池春晨

曙色清明亭独伫，
松青柳绿路人稀。
鸭浮浪暖楼眠水，
花绽魂幽女探微。
绕岸栏杆提翠枕，
沐风翁妪舞桃闱。
咏春百鸟高枝戏，
黄寿丹[①]梢耀壁晖。

2017.4.1

① 黄寿丹是连翘的别称。

玉渊潭之春

——题查晓倩玉渊潭春景照

春放樱花风散柳，
繁英开处是瑶宫。
银桥熙攘观光客，
戈橹追跟荡影葱。
十万风情迷凤蝶，
三千楚魄化霄鸿。
塔雄入水偷云雨，
眉黛低舒醉眼蒙。

2017.4.1

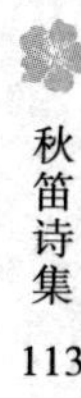

暖泉古堡

黄土堆高垒，
晨瞰古堡明。
朱檐灯彩挂，
汉瓦雪痂擎。
寻梦栖村舍，
游春问暖泓。
桃源无圣迹，
远黛写峥嵘。

2017.4.3

玲珑塔

花镶慈寿塔，
云泼御河青。
玉树翩兰朵，
桃枝熠粉星。
焚香斟雪茗，
候月坐风亭。
八角玲珑响，
三千悦母铃。

2017.4.4

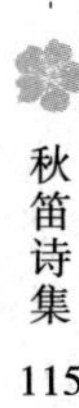

颐和园之春

云淡风清慧海[1]渊，
兰馨桃艳杏含嫣。
长廊檐外听鹂[2]叫，
万寿山傍把柳牵。
十七孔桥圆法镜，
廓如亭下问三禅。
铜牛永镇昆明水，
易逝繁华四月天。

2017.4.7

① 慧海指智慧海，位于万寿山顶。
② 听鹂指听鹂馆，与十七孔桥、廓如亭、铜牛均为颐和园景点。

漓江行

漓江两岸山逶迤，
欸乃声中秀色移。
摇橹乘舟游梦境，
携鹰垂钓赏峣崎。
春光不见空蒙雾，
古塔犹知晓绽蕤。
阳朔如今依旧否？
经年此去若风吹。

2017.4.8

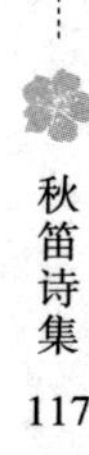

阳朔吟

远黛丽崎犹乳萼，
江中绿渚是芳洲。
飞檐掩映峰和水，
高阁栖停客与鸥。
阳朔古碑夸胜境，
碧莲晚翠叙风流。
南山石壁参文墨，
带字藏诗励百秋。

2017.4.8

风中夜樱

月下樱花美，
风旋十万圈。
飞英招凤蝶，
起舞赛貂蝉。
鬓影随心动，
冰轮照魄眠。
银光谐幻韵，
梦里有渊禅。

2017.4.9

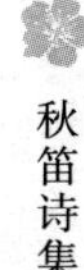
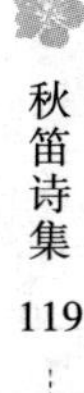

樱桃沟山杏花开

旭照春光灿，
晨风沐我颜。
樱桃幽谷立，
卧佛笑音环。
看杏花开闹，
巡峰水唱潺。
华芳交日月，
紫气锁烟鬟。

2017.4.9

美奈游

——题斐儿美奈照

美奈沙滩旷，
闲游漠海波。
横丘如赤壁，
曲壑似红河。
望月人声静，
停船夜火罗。
夕阳环倩影，
远黛舞婆娑。

2017.4.10

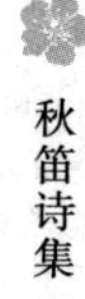

咏牡丹

四月东都早，
仙姿动洛城。
白茸[①]浮绿萼，
赵粉[②]缀清晶。
雨打青龙[③]卧，
霜衣黑后[④]明。
百花卿独贵，
焦骨火中荣。

2017.4.10

① 白茸是牡丹别称。
② 赵粉系牡丹品名。
③ 青龙指一种黑牡丹，名为青龙卧墨池。
④ 黑后是指黑桃皇后，系牡丹一品名。

神游妙峰山

顶针格

三月神游妙界山，
山花簇簇点山鬟。
鬟烟浮动疑仙影，
影调深沉幻梦间。
间阔卅年瞻绝顶，
顶观万壑品淙潺。
潺沄布法禅心悯，
悯谅凡尘履步艰。

2017.4.10

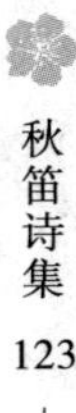

美奈仙女溪

——赠斐儿·顶针格

越南美奈风光异，
异域红沙似蜃霓。
霓袖优游仙女影，
影踪闪烁雪花溪。
溪边怪石如神仗，
仗侧奇泥若爪蹄。
蹄道春风吹谷彩，
彩招凤舞客心迷。

2017.4.11

缘聚锦芳

——赠百合、小春

南澳诗朋至，
丁香沁腑馨。
锦芳招友聚，
木案摆京烹。
漫话文坛事，
闲陈祖国情。
炸糕加豆汁，
略表我心声。

2017.4.11

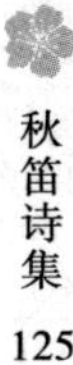

美奈海滩晨景[①]

银湾晨寂片云飞，
贝壳葵星沐旭晖。
一蟹横行寻伙伴，
双螺纵目找衾衣。
沙陈花甲千方石，
浪卷蓝天几丈帏。
美奈海滩观玉影，
风吹心念入非非。

2017.4.12

① 观斐儿在美奈海滩的照片有感。

京华四月天

——题颜旭冬春景照

最美京华四月天，
百蕤竞放万枝妍。
双双闺密樱前坐，
对对情人李下牵。
女嗅芬芳蜂采蜜，
众迷舞蹈鹊歌弦。
夫妻携子添春景，
仰望繁花语意绵。

2017.4.12

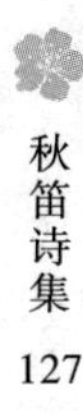

水岸春思

昆水长河双岔口，
古桥影里画船归。
千株垂柳犹丝曳，
万片杨花作雪飞。
波漾落英如蝶舞，
云镶朗日似银衣。
风吹百卉馨香醉，
梦入桃源悟内机。

2017.4.12

落英叹

烂漫花开后，
缤纷落满坡。
如星飘曳矣，
若岁逝流何。
拍照留虚影，
闻莺唱挽歌。
此生终是梦，
魂永水之阿。

2017.4.14

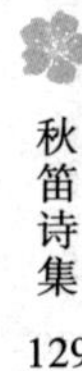

梨花吟

水岸临春暮，
梨花却绽开。
听香寻故道，
闻语识冰胚。
雨湿摧容惨，
风吹垒雪堆。
谁知君去处，
掬泪独徘徊。

2017.4.14

山西古院

门口红灯挂，
斜阳熠紫光。
算盘知祖业，
照壁显文昌。
麟兽飞檐守，
霞帔卧帐妆。
窗前书案老，
晋院古风长。

2017.4.16

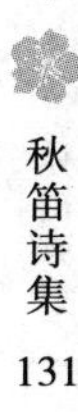

丁香花

香雪[①]滋花白，
罗蓝紫[②]葳蕤。
蜂欢喃蜜语，
蝶恋沁心脾。
望远登春阁，
怀君嗅玉芝。
愁丝萦绕处，
枝动挂离离。

2017.4.16

①② 香雪和罗蓝紫是丁香的品种。

暮春吟

桥畔船行摇翠影，
麦钟[①]柳絮雪飘蓬。
水波漾起眉尖皱，
花瓣堆来草际隆。
啼尽残春悲布谷，
看完书信盼飞鸿。
人间离别多和少，
病旅天涯望凤桐[②]。

2017.4.16

① 麦钟桥是北京一古桥遗址。
② 凤桐意指千年一遇的祥瑞。

海棠雪

——题颜旭冬海棠花照

风劲惊啼鸟，
繁花落满池。
云边吹笛怨，
水面载棠悲。
飘曳如飞雪，
徘徊似候谁？
一番离别语，
惹我赋新诗。

2017.4.18

落红赋

扶摇春夜急，
小径落花多。
彩错呈灵幻，
风来憩草窠。
此生沦世界，
彼日出娑婆。
净土居仙士，
钟声伴佛歌。

2017.4.18

昙花吟

——和月朗风清

酥雨春风润黛眉，
纤肢玉臂渐伸奇。
芳菲自有高人植，
雪魄从来望日离。
一夜昙花堪百岁，
千秋骚客叹须时。
人生有尽谁无死，
莫怨无常总沉悲。

2017.4.20

牵牛花

朝颜[1]花色紫，
藤蔓绕根生。
初照红星艳，
斜辉粉靥惊。
夕颜[2]怀毓秀，
曦月见光明。
冰雪为心白，
长牵易逝情。

2017.4.21

①② 朝颜是清晨花开，傍晚花谢；夕颜是黄昏开花，凌晨花谢。

屈原祭

端午繁花尽，
南风赋国殇。
楚辞向天问，
赤胆吐华章。
今祭汨罗水，
谁知屈子肠。
美人遭放逐，
鬼魅谄朝堂。

2017.4.22

咏兰

飘逸齐君子，
悠然蓄艳阳。
叶茎支伞座，
花瓣散冰香。
淡泊如云月，
清明似雪霜。
茗茶呈国士，
骚客献兰章。

2017.4.24

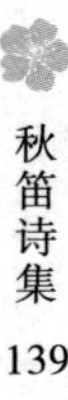

白絮印象

柳絮朦胧卧睡莲，
湖光点彩绘缠绵。
梦迎日月将春望，
谁奈杨花把理连。
风卷卿逢兰客喜，
林栖君赏紫霞妍。
杯边影熠彰瓷色，
闲话无常品茗泉。

2017.4.25

重回燕园有感

未名湖色似当年，
博雅丰姿映水天。
二阁双层檐对出，
两厢六院树相连。
重游母校思陈事，
信步燕园会洛仙[①]。
莫叹春光东逝去，
秋来霜叶愈佳妍。

2017.4.27

① 洛仙指牡丹，牡丹又称洛阳花，号称花中仙子。

异域秋思（一）

——题阿福秋叶照

枫色迷晨径，
霜花印彩痕。
参差云际美，
斑驳屋檐昏。
人去秋千伫，
魂牵梦百温。
乘风三万里，
故国报亲恩。

2017.4.27

异域秋思（二）

——题张伟光枫叶图

霜醉摹油画，
枫飘彩蝶飞。
潇潇秋雨细，
瑟瑟暮寒微。
望远楼连宇，
思遐客忘机。
襟怀天地广，
人间有徽徽[1]。

2017.4.27

① 徽徽乃美善之意。

落叶生平

——和晓熠落叶

春风凭得意，

静碧蕴生机。

霜降枯形老，

寒摧瘦体飞。

寻根回故土，

到处觅衡闱。

方死方游梦，

来年醒复归。

2017.4.29

桐花赞

紫朵开桐树，
其香可药餐。
卷唇妆朴素，
雄蕊放欣欢。
历尽风和雨，
修来福与安。
芸芸犹百草，
气劲志如磐。

2017.4.30

黄河溯源

——题颜旭冬黄河照

九曲黄河[①]十八弯，
鸡鸣三地入偏关。
乾坤湾水流澄碧，
烽火台楼落晏闲。
万簇金梅开口笑，
千家窑洞绕山攀。
心怀惆怅思先圣，
古老文明哪日还。

2017.4.30

① 九曲黄河在乾坤湾、老牛湾、偏关这三地与长城接吻。

二呆[①]

毛短斑纹淡，
瞳圆四爪青。
伺机抓猎物，
甩尾见飞翎。
终日围人戏，
随时竖耳听。
叫春如幼哭，
无奈太零丁。

2017.5.2

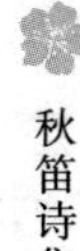

① 二呆系猫的名字。

燕园百岁寿辰

春风酥雨巧梳妆，
百岁燕园古色香。
塔借风流未名水，
虎[①]爬院落老山墙。
千株鹿韭[②]迎宾至，
万串藤萝把念藏。
学子同归圆旧梦，
九鸿共祝母嘉祥。

2017.5.4

---

① 虎指爬墙虎。

② 鹿韭是牡丹别称，静园有一个牡丹园。

相遇兰君

——赠宋君建华

午后同君逛翠堤，
斜阳熠烁绣云霓。
一株兰草青丛出，
两袖清风水岸栖。
气定只因无物欲，
神凝总是与天齐。
同窗四载平生友，
八斗高才调态低。

2017.5.7

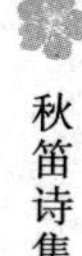

母女宴

风过尘沙去，
黄昏日渐红。
亭檐迎望月，
蜡烛照凝瞳。
对饮花馨郁，
同尝菜品丰。
女儿酬母宴，
挚爱意融融。

2017.5.7

蔷薇花语

五月蔷薇盛，
红橙粉紫缤。
香风熏蝶醉，
白露衬芳纯。
寄意凭花语，
吟诗至夙晨。
与君相伴老，
偶尔犯娇嗔。

2017.5.7

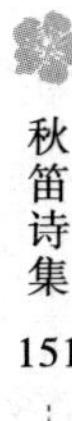

丹霞地貌

山势雄奇欲接天，
峰峦夹月叹佳妍。
风侵彩砾生棱角，
雨蚀红砂幻石川。
赤臂赳桓心似铁，
夕阳熠烁岭如莲。
六千万载悠悠去，
留取丹霞醒世间。

2017.5.9

思念

——和晓熠

晨起吟卿赋，
心遭惜意围。
知君忙本业，
教友学幽机。
昼夜无闲际，
春秋有素晖。
对天遥问暖，
青鸟几时归。

2017.5.10

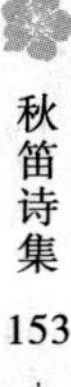

梦桃源

日照玉泉[1]青，
云游宝塔行。
幼莲湖上出，
岸柳月边萦。
一曲归田赋，
千秋隐士名。
诗书通慧海，
菊客伴安宁。

2017.5.10

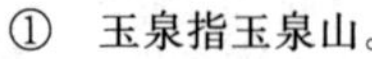
① 玉泉指玉泉山。

贺全球汉诗总会香港分会成立五周年

香港国风吹，
风骚属汉诗。
远程教格律，
微信录诗词。
五载耕耘苦，
千般努力痴。
群员称卓异，
总会赞高奇。

2017.5.12

山林

林深天日蔽，
白露湿兰襟。
嘉木生青野，
玄泉出碧嵚。
枝摇惊鸟散，
笛动惹诗吟。
世外桃源梦，
谁人问古今。

2017.5.18

笛

一声开野寂，
横管吐清幽。
月出青林暗，
风吟白鹭愁。
百音存五指，
六孔荡千秋。
道尽人生味，
悲欢自韵流。

2017.5.19

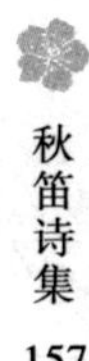

咏荷

——和黄钟《咏荷》

仲夏花开早，
含霜入冷秋。
翠裙风弄影，
粉面露明眸。
出浊终无染，
持清自好修。
丹心堪日月，
茹苦著风流。

2017.5.21

鸳鸯

五彩妆丰翼，
皇冠配白眉。
闲来栖石岸，
兴起戏金池。
结对如形影，
终生有福熹。
夫妻恩与爱，
儿女孝严慈。

2017.5.22

与何芳同游汉口里

清晨离紫禁，
午后到江城。
才享糍粑宴，
还观古镇荣。
灯笼红十里，
翠竹碧千茎。
一阵风波去，
三湖照楚晴。

2017.5.23

与何芳同游古琴台

晨上古琴台，
栏边夹竹开。
簪花人更艳，
嗅馥面犹梅。
低首吟诗醉，
凝神笑眼回。
风来襟荡漾，
雨露点眉腮。

2015.5.23

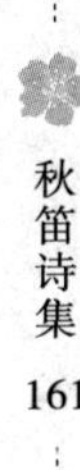

楚女

——为何芳题照

杨柳小蛮腰，
红装恰弄潮。
灵眸回盼美，
玉面顾还娇。
信步游青岸，
雄心上碧霄。
东风知汝意，
天地任逍遥。

2017.5.23

红楼女学子

——为何芳题照

红楼藏楚女，
玉面嵌青瞳。
衣素如仙鹤，
妆轻蕴竹风。
凌云犹浅笑，
涉学也精通。
矫首羞丹凤，
襟怀比骏雄。

2017.5.25

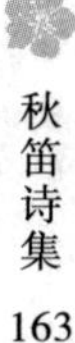

昙华林之爱花女

——为何芳题照

花前皓月明，
巧笑众芳惊。
流目秋波漾，
开怀黛色晴。
婵娟生楚汉，
鸾凤下蓬瀛。
谁道闺门女，
锋芒可与争？

2017.5.25

游九华山有感

万里云峰绽宝莲，
九华山色映灵川。
登临古刹瞻双印，
俯仰巉岩问三禅。
精舍竹林曾入梦，
摩崖石刻又思贤。
凤凰[①]展翅心如意，
百岁春秋出豫闲。

2017.5.28

① 凤凰指九华山的凤凰松。

游中庙姥山岛有感

凤凰矶上凤凰楼，
叠阁遥瞻太姥洲。
水绕山环吴楚地，
道扶佛佑皖中秋。
驱舟拥雪参青塔，
起岸披云访白鸥。
真意忽来呈妙境，
神游秋浦盼辰勾。

2017.5.29

草原天路行

悠悠天路远，
阵阵劲风吹。
野菊芬芳漫，
青林绿意弥。
怡心亲荩草，
骑马爱烟陂。
日落闲云卧，
幽门品茗时。

2017.5.30

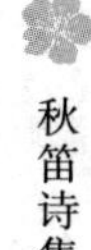

小城夜色

新月悬楼顶，
青云岭上飞。
灯连天宇阔，
水隐火龙微。
白鹿呈祥瑞，
虹桥映夕晖。
清风澹吾虑，
不夜乐忘机。

2017.5.30

花海端午

碧水滋嘉卉，
丛山翠接天。
花开何灼灼，
蝶舞怎翩翩。
赏画惊才艺，
呼朋看旱船。
高跷摇旧梦，
品粽忆先贤。

2017.5.31

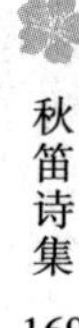

观落日有感

日落满湖金，
浮萍也眷歆。
凭栏听宿燕，
骋目看幽林。
早识鳞波美，
何须世故深。
一朝归隐去，
饮雨若甘霖。

2017.6.1

忆童年

房上掀青瓦，
童心乐比天。
秋冬谁识冷，
雨雪我尝鲜。
结伙攻双垒，
呼朋荡半仙[①]。
身轻藏百技，
梦里也陶然。

2017.6.2

① 半仙指秋千。

父亲（一）

少小援朝去，
从容弹雨来。
归乡勤学技，
建厂即成才。
墨染惊人智，
风生笑语诙。
襟宽藏大地，
性傲雪中梅。

2017.6.5

父亲（二）

投笔从戎去，
归逢建国风。
兴邦专术业，
刻苦立勋功。
心有千秋义，
名标一世雄。
雪霜舒铁骨，
胆魄比苍穹。

2017.6.9

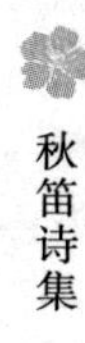

雨霁

——和君意《黄昏初霁》

雨过周天净，
双虹映水涯。
白珠花上嵌，
碧草树间斜。
鸟唱晴光好，
霞飞远黛华。
清风舒我意，
登阁试春茶。

2017.6.10

傍晚即景

云霞多变幻，
大美总无声。
染翳妆山色，
擎光照帝京。
心中春意满，
梦里治思盈。
日暮华年老，
何偿不世情。

2017.6.11

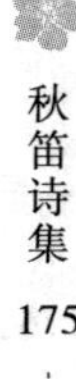

雨后访友

——和君意

雨歇蛙声起，
星稀树色昏。
云随山岭尽，
月入竹溪奔。
趁兴寻高友，
乘风访雅村。
试茶听万籁，
禅意漫轩门。

2017.6.11

晨悟

——和君意

晨起黄云淡，
湖光映露台。
扁舟摇暗影，
布谷咏新槐。
喜景帘应卷，
钟茶水待开。
心中无杂事，
自得好风来。

2017.6.12

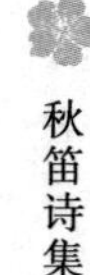

蔡文姬

汉末中郎女，
天聪可辨琴。
时艰遭动乱，
命薄陷掳擒。
居塞思乡切，
归曹别子岑。
一生多辗转，
悲愤作长吟。

2017.6.13

王昭君

汉女若兰明，
临辞帝色惊。
一番行塞苦，
卅载抚边宁。
大雁平沙落，
琵琶漠野鸣。
千秋存皓月，
青冢奉芳名。

2017.6.14

杨贵妃

宦门生绝色，
汉掖雪花娘。
容艳堪羞草，
脂丰乃诞香。
侍君弦伴舞，
醉酒爱中惶。
曲尽风流在，
蓬莱日月长。

2017.6.15

穆桂英

边关幡旆卷，
桃马破天门。
神箭惊辽敌，
威风震夏番。
岁高兵印挂，
胆壮阵营奔。
荣辱如烟散，
清风表忠魂。

2017.6.16

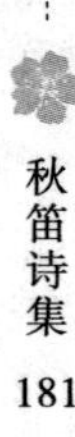

杜丽娘

丹亭春几许，
引蝶动芳心。
栏畔情相许，
闺中病已侵。
身亡将梦托，
魂返把郎寻。
应惜良宵短，
星河享眷歆。

2017.6.16

午记[①]

——和君意

正阳云若淡，
远客已登途。
解榻移林荫，
当风听鹧鸪。
松香人欲醉，
心旷意难拘。
莫叹芳菲老，
偷闲向玉壶。

2017.6.17

① 与黄钟合作。

薛湘灵[①]

娇娥出门子，
长亭鉴胆肠。
闻悲怜赵氏，
赠与锁麟囊。
侠义心中记，
虚名本不扬。
焉期遭水害，
遇难又呈祥。

2017.6.19

① 薛湘灵是京剧《锁麟囊》中的女主人公。

小镇回眸

——为肖微题图

桥老清溪浅，
横竿晒旧装。
蓑衣墙上挂，
岁月镇中藏。
灯唤芳年美，
梯招稚趣昂。
回眸惊过客，
滴水诉流光。

2017.6.19

水乡小镇

桥下清溪浅，
竿头午正长。
蓑衣闲晏室，
梯径映骄阳。
一恍童年梦，
复惊吾鬓霜。
杯中斟往事，
逝水诉流光。

2017.6.20

农家乐

——和君意

翠岭环村郭，
回溪澈映天。
语划林中静，
日照蕊时嫣。
摘果阳坡上，
烹茶竹栅边。
吠声如宴曲，
乐矣忘何年。

2017.6.28

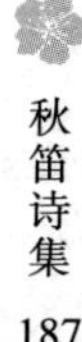

白素贞

西湖云雨淡，
柳色正青时。
伞寄郎心暖，
天知我意痴。
千年铭大愿，
永世报鸿慈。
何惧身囚塔，
人仙筑琬碑。

2017.6.28

羁鸟

常锁樊笼里，
一心归故枝。
从人听俗语，
学舌乞恩慈。
春晚尤添忿，
秋晨更欲悲。
孰怜身困久，
赐我自由时。

2017.6.29

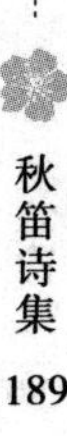

山村采摘

雾岭环村抱，
青溪石涧流。
白墙斜荫影，
碧瓦卧浮鸥。
纵步随吾意，
撷蔬登戴丘。
蝶蜂花上聚，
云雀唱遐悠。

2017.7.10

荷塘晨韵

雾起荷塘早，
氤氲织夏衣。
田田凭水碧，
灼灼出波肥。
桨橹声中醉，
蜻蜓朵上依。
谁人吹笛管，
伴我采莲归。

2017.7.11

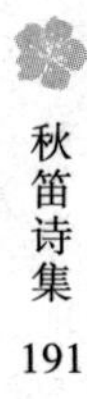

雨中曲

云积成苍幕，
雷霆显极威。
狂风卷营帐，
疾雨湿衾衣。
宿野寻闲趣，
垂纶咏浴沂。
未期天作美，
润我心至微。

2017.7.11

望友

——赠晓熠君暨题阿福照

浩渺烟波里，
苍茫叠岭浮。
阴云蔽天日，
老树没溟洲。
望极帆虚影，
沾寒我惜鸥。
此情何处寄，
一日隔三秋。

2017.7.13

登长城

城长披血色，
岭卧作龙眠。
墙印沧桑史，
楼凌翡翠巅。
烽台临北望，
视野向穹延。
趁爽登墩堡，
豪情上九天。

2017.7.14

自画像

秦岭城南卧，
村西涧水悠。
牡丹开四月，
侠女诞金秋。
七载燕园奋，
经年祖国酬。
如今虽鬓白，
壮志亦无休。

2017.7.15

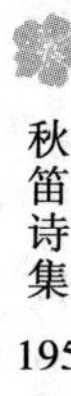

茶

根植春山上，
芽尖四月天。
进杯时玉立，
入口即香传。
韵雅悠悠笛，
风清寂寂禅。
君心如我意，
余味自绵绵。

2017.7.17

绝句

秋雪

新韵

秋风阵阵叶飘零，
霜降时节夜雪声。
错怨离人无告语，
忧来琴瑟不堪听。

2012.11

水岸秋景

新韵

寒霜吻面叶腮红，
寂水拥枝杏眼蒙。
玉带纵横相会处，
画船载梦向昆明。

2012.11

玉渡游

林深不叫人归去，
云暗枝低野鸟飞。
泻玉石边迷草色，
三泉塘畔问天机。

2015.8.7

潭柘之秋

日沐禅房静，
风吹古杏黄。
晨钟惊宿鸟，
暮鼓伴清凉。

2015.10.9

南澳春情

——为宛川题照

皓客空明海上风，
长桥夜泊两情融。
金波拱月春潮起，
会向源乡作醉翁。[①]

2015.10.20

未名初雪

——为任君题照・新韵

琼英洒洒下瑶空，
踏水无声隐未名。
弹指卅年浮幻海，
一湖烟树有无中。

2015.11.9

① 尾句出自（唐）郑谷《倦客》诗："闲烹芦笋炊菰米，会向源乡作醉翁。"

庆生辰

更残露重素辉斜，
北海泠波似浣纱。
倦客凭高听皓月，
琵琶切切叹年华。

2016.10.12

又一秋

椒潭树树彩云天，
落叶飞流似去年。
水映斜阳成梦影，
韶华已逝黯孤眠。

2016.10.20

雨后海鸥

——为何处是金城题照

青云重墨罩春城，
极目危楼百鸟惊。
骤雨初歇无棹处，
笙歌为君寄诗情。

2016.10.23

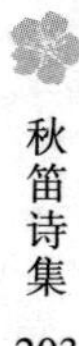

老君山秋雪

君山雪漫琼枝白，
洛水霜寒玉露皑。
天际依稀汉唐梦，
野亭落寞朔风来。

2016.10.26

水中枫

——为小德题照

水醉梦云天，
霜融染叶嫣。
一幅写意画，
百尺感恩潭。

2016.10.29

故乡秋思

冰痕生砚润蚕头，
一盏清茶煮暮秋。
墨写青山吟冷月，
千寻洛水赋闲鸥。

2016.12.8

晨景

树高连曙色，
翠釜煮天光。
仪羽翩台阁，
风烟绣绮裳。

2016.12.9

云水行

——为小蕾题画

帝遣云心水鼓笳，
天蒸瑞锦日烹霞。
风痕不见驼铃远，
佳偶成双享靖嘉。

2016.12.10

野亭

——为小蕾题画二

蝉高晌午嘶，
风染野林萋。
桥畔姑童坐，
闲亭有菩提。

2016.12.10

夜之梅

两盏红灯一盏茶，
三枝疏淡自檐斜。
暗香开谢庭飞雪，
明月何时咏我家。

2016.12.10

吾家有女

——为歆玥歆彧题照

毓秀天成两小丫，

沉鱼落雁也羞花。

歆然顾盼秋波媚，

福宿祥云客我家。

2016.12.13

傲雪红梅

——题梁敏指画

烟迷阆苑出仙葩，

陌上斜枝绽紫霞。

淡韵清香犹沁骨，

凌霜傲雪品箫笳。

2016.12.15

白萝卜

——和胡昂皇

青衿淡采翠云鬟，
持守初心爱素颜。
本是蓬蒿村野客，
冰魂敢笑世风奸。

2016.12.19

七绝四首

——和胡昂皇

其一　咏茶

嘉木婆娑柳细黄，
梁溪故友在何方？
江阴瑶草烹前事，
雨霁青梅煮酒香。

其二　咏荷

餐风饮露共蒹葭，
月弄寒光日炫华。
水魄天心香自净，
红裳脱尽也清嘉。

其三　咏蝶

迷离扑朔恋群芳，
鼓翼巡飞亮彩妆。
谁解千年蝴蝶梦，
人如鳞翅炫虹裳？

其四　咏落梅

香心片片遁尘烟，
缕缕冰魂卧雪眠。
开谢本为平淡事，
来生仍傲绝崖巅。

2016.12.19

咏白萝卜

朔风吹起绿云鬟，
不为高枝不为颜。
出自污泥心似玉，
但留青白在人寰。

2016.12.19

重阳

——和胡昂皇

风拂茱萸雨润蘅，
万千造化弄情生。
菊花酒酿思乡曲，
七孔箫吹杜宇声。

2016.12.20

梅州日暮

云繄似青峦，
梅溪滚碧澜。
日曛冥色掉，
白苇摇玉干。

2016.12.27

梁化青梅

——步韵和蒹葭

疏影凌霜舞，
千林御景[①]藏。
仙葩愁似雪，
意蕊可飞伤？

2016.12.31

① 御景指广东梁化御景峰。

探春

青梅腊日瓣缤缤，
百草葱茏鸟唤春。
千里寻芳诗作伴，
东风过海布华茵。

2017.1.5

佳人乘舟

——题钟爱一生照·步何芳韵

雅韵秀眉梢，
英姿也俏娇。
轻舟乘细浪，
一笑绽心潮。

2017.1.6

海南印象

凤尾枝弯掩月弦，
椰涛声响卧无眠。
桄榔庵里怀苏子，
授酿躬耕指井泉。

2017.1.6

金鸡报春

金鸡报暖响琼箫，
唤翠呼青弄大潮。
唱别猴年吟酉岁，
山川万里秀清标。

2017.1.12

探春

绯桃吐蕊柳绦新，
草色朦胧鸟唤春。
借得东风除霭散，
烹壶紫笋进冰轮。

2017.1.16

思亲

斜枝蝶梦期，
雪意沁春迟。
金谷霜丝染，
朝朝盼子时。

2017.1.23

北国除夕（一）

葡萄酒美水仙芳，
爆竹声宵梦故乡。
瑞雪初融杨柳意，
清风一缕荡春长。

2017.1.25

北国除夕（二）

梅花落雪柳含春，
雀羽金装扮玉人。
旧岁新桃今又换，
琴襄夜宴醉鸿醇。

2017.1.25

北国除夕（三）

——和何芳

冰雪待消融，
花灯万户红。
鸡鸣添福寿，
酉岁荡春风。

2017.1.25

北国除夕（四）

——步胡昂皇韵

雪飞金谷苑，
银柳曳邙巅。
旧岁随风去，
雄鸡贺寿年。

2017.1.25

团圆夜

彩结千庭渲喜气，
灯张伊水照龙门。
无声祝福飞天外，
雪夜围炉恋母恩。

2017.1.28

楚国玉女

——为何芳题照

智琼凡界炫姝妖，
绿意红装试比娇。
碧海青天齐仰慕，
谁家玉女太逍遥。

2017.1.29

秋波媚

——为百合题照·步韵毛毛

一泓秋水动灵眸，
百合含情惹月羞。
笑靥生春神气朗，
诗才怀抱入高流。

2017.1.29

咏莲

——题梁敏指画

芬芳莫事春，
静影照清粼。
翠盖擎秋色，
心高性自纯。

2017.1.31

冰雪佳人

——为毛毛题照

巧笑佳人瘦，
风流雅隽生。
心如冰雪白，
词赋蕴才情。

2017.2.1

城楼元宵夜

——题大同城楼照

城楼妆玉色，
丹彩绘轩窗。
风送烟花雨，
依稀晋北腔。

2017.2.1

立春

玉带朝暾暖，
皇园早立春。
黄梅枝上闹，
翠鸟唤游人。

2017.2.3

玉质冰姿

——题晓熠照·和毛毛

日舒靓影水云天，
风韵冰姿亦自然。
律句惊人词语绝，
雍容进止福婵嫣。

2017.2.4

金孔雀

——题芳鑫如水照

白羽霓裳妆粉黛，
翩然起舞凤来仪。
面如满月丰姿妙，
冰雪为心出旷奇。

2017.2.7

鸳鸯会

——题晓熠阿福照

晓日蓝湾海熠然，
沸腾波浪妒双仙。
举杯相贺鸳鸯会，
广播诗词种福田。

2017.2.9

悉尼上元日

贝阙奏新诗，
歌声四野驰。
虹桥横碧海，
佳节舞龙狮。

2017.2.10

春日画扇

梅尖雪化因风暖，
春日娥眉画绢痴。
浅粉鹅黄纷叠翠，
扇摇梦里见君时。

2017.2.15

春归

归雁吐春声，
风吹黛色晴。
酒香融雪意，
宴罢欲调筝。

2017.2.16

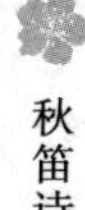

君子兰花开

今日霾晴风送爽，
兰苞乍放满庭春。
花称君子清如水，
得志谦和挫自珍。

2017.2.17

水中仙子

——题梁敏指画

一朵新荷秀翠丛，
万般风韵出瑶宫。
不知仙子何方去，
泽国江山我梦中。

2017.2.18

心向悉尼贺胜会

远黛苍茫云杳渺，
湖光山色斗瑰奇。
为瞻胜景登高处，
寄片诗心向悉尼。

2017.2.18

重逢

——题梁敏指画

天长春色暖，
草绿浪漫深。
无语相凝处，
悠悠恋慕心。

2017.2.22

小村庄

——题梁敏指画

春野人声寂，
鹅飞雁子倾。
窗含千点绿，
水酿万盅情。

2017.2.25

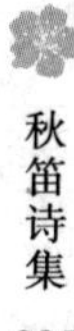

初春

——答香水百合

草色衔青浅，
春风四野驰。
客心惊雁阵，
柳意乱黄鹂。

2017.2.25

小月河晚照

水映都门树，
红云泛紫嫣。
无心听小月，
日夜逝流年。

2017.2.28

异乡隐士

——题肖翁照

丛云栖野树，
白屋没林中。
水寄思乡意，
桑榆隐逸翁。

2017.3.10

聆雨轩（二）

——赠宋公凌禹

檐下垂冰挂，
池中泛锦鳞。
丁香连桂魄，
犬伴有情人。

2017.3.10

木棉花写照

——赠香水百合

君开南国颜惊客，
花萼如杯本色真。
此去千寻犹问月，
还须怜取眼前人。

2017.3.11

春之心事

东风梳柳惹樱花，
连翅春心也发芽。
明月潭中怜我影，
寄情山水枉嗟呀。

2017.3.12

樱花

——题查晓倩早樱照

樱花开两岸，
其艳诱蜂忙。
蝶语惊心蕊，
魂摇溢妙香。

2017.3.13

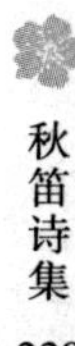

春桃带泪

——为金古洋题照

白雪阳春日，
桃枝缀水晶。
风嘘花落泪，
何故又多情？

2017.3.14

情痴

杨柳随风舞，
寒鸦戏嫩枝。
叽喳如角羽，
终日诉情痴。

2017.3.14

月光曲（一）

满地清光照，
春潮涌动时。
琴心雕玉印，
明月寄相思。

2017.3.16

月光曲（二）

美人知月意，
望月诉相思。
月曲如丝竹，
歌声入梦痴。

2017.3.17

赏樱

——赠查晓倩

春起妆眉黛，
樱园赏蕊黄。
繁花迷醉眼，
蓓蕾动情肠。

2017.3.25

游黄山

——赠香水百合

黄山雾海松迎客，
梦笔生花写大千。
琼树云枝如凤尾，
开屏恰似美人嫣。

2017.3.26

长城内外

三月长城山漫雪，
桃花熠熠闪星芒。
塞南塞北风光异，
烽火台前独怆凉。

2017.3.27

扬州老房

天低云欲雨，
石壁破穹苍。
岁月摧人老，
心坚意志刚。

2017.3.28

绿屋

——为肖微题图

三月扬州绿上杨，
青葱作瓦叶妆墙。
枝成照壁窗含景，
淡看春风荡九苍。

2017.3.29

梅

——和随爱飘游

香浮碎玉冰天境，
雪恋琼枝不世情。
侠骨柔肠风韵绝，
容辉与月竞光明。

2017.4.1

佛光

宝塔擎天地，
方壶圣境幽。
佛光神照际，
春泽润心眸。

2017.4.3

望京海棠湾

春到海棠湾，
花仙绽玉颜。
楼林怀水醉，
溪绕望京潺。

2017.4.8

春到慈寿寺

慈寿桃开赛牡丹，
团团簇簇绕枝盘。
塔高百尺悬星月，
铃响千秋为哪端？

2017.4.11

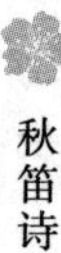

北海一念

——题赵晖北海照

琼华擎白塔，
云寂小舟横。
妙相观音住，
缘来大愿生。

2017.4.12

落花梦

风吻花飞雪，
香飘日暮时。
芳魂栖碧草[①]，
醉卧待春期。

2017.4.14

---

① 碧草是神话传说中的一种可酿酒的草。汉郭宪《洞冥记》：“瑶琨去玉门九万里，有碧草，如麦，割以酿酒，则味如醇酎。饮一合，三旬不醒；但饮甜水，随饮随醒。”

紫藤花语

紫藤春睡醒，
煦暖燕双栖。
忽忆前宵梦，
同君醉玉闺。

2017.4.15

谷雨思

花褪新芽发，
林回布谷啼。
船鸣昆玉水，
入梦洛河堤。

2017.4.20

秋韵

——为阿福题枫照

一片枫林一片天，
霜红掩映白云笺。
金风小憩聆秋韵，
老树雄苍美鬓烟。

2017.4.20

桃花源

——题梁敏指画

桃花掩映一乾坤，
小径通幽谒故村。
烽火墙头香古色，
南天飞雁爪无痕。

2017.4.21

印象桃树

七彩春光沐碧桃，
珍珠雨洒若丝绦。
刘郎[①]谢后知何处，
留下蟠枝挂锦袍。

2017.4.24

北大情

燕园数载风华茂，
五四精神三大潮。
博雅塔前思旧影，
未名湖畔展明朝。

2017.4.24

① 刘禹锡曾有诗云："玄都观里桃千树，尽是刘郎去后栽。"后以玄都花作为桃花的别称。刘郎，本为刘禹锡自称，后又用以借指桃花。

袋鼠云图

——题蔡嘉伦《袋鼠云图》

秋日长空碧，
风追袋鼠飞。
云灵生妙境，
造化显神威。

2017.4.28

佳节聚

晓初[①]盛宴招球友，
佳节同尝古井醇。
酒叙深情听快板，
吉祥三宝唱狮麟[②]。

2017.5.1

① 晓初是球友的名字。
② 狮麟指一家豫菜馆，名为金狮麟。

黑天鹅

夕照昆明水映天，
野鹅一对泳缠绵。
涟漪千朵疑云落，
恍入瑶台遇散仙。

2017.5.8

京城沙尘暴

一夜风呼啸，
京城积雾黄。
鸟巢惊失色，
金海堕迷茫。

2017.5.9

后海赏月

——题莲溪后海照

灯舞湖萦梦，
冰轮照睡莲。
歌声惊异客，
望月念团圆。

2017.5.11

桃花乡

——题梁敏指画

十里桃花满地春，
轻舟摇醒故乡晨。
归鸿几度江南梦，
画笔如神幻亦真。

2017.5.11

致护士姐妹

——写于护士节

玉女翩然下帝城，
白衣天使步轻盈。
不分昼夜身忙碌，
巧手丹心护众生。

2017.5.12

蝶与梦

彩蝶眠枝上，
韶光日影移。
千年庄子梦，
谜底有谁知。

2017.5.12

花影

朝瞰吻野花，
态似蝶天斜。
玉露妆容止，
东风荡孔嘉。

2017.5.15

题两淮豪生大酒店

——赠郑公怀明兄

庐州[①]真福地，
九子[②]会龙华[③]。
忠正遗风在，
奇功汇永嘉。

2017.5.27

---

① 庐州系合肥古称。

② 九子指九华山。

③ 龙华指龙华树。传说弥勒得道为佛时，坐于龙华树下，树高广四十里。因花枝如龙头，故名。天台古摩崖石刻上有“龙华三会”四字。

盼

风吹桃雪冷，
雨滴我心头。
溪畔空相望，
谁知柳影愁。

2017.6.4

词

踏莎行·金山夜思

新韵

银雀飞桥，秋虫低唤，红烛化泪孤心黯。夜长梦断有谁知，衾寒更被相思染。

别后书辞，别时情暖，双双燕子分飞远。洪都皓月照千山，白头厮守君无怨。

2010 秋

点绛唇·冷月弯弯

冷月弯弯，夜寒山寂晴如昼。醒来更漏，疏影横窗瘦。

怎个缠绵，情意生离后。君知否？杜鹃啼就，思愫如红豆。

2010.12

沁园春·雪

新韵

料峭春寒，雪漫茗园[①]，五步岸边。看玉兰万点，柳银梅蜡，掠燕一染，日灿穹蓝。雀跃红云，鸭游碧水，俯仰昆明皑玉山。临奇幻，恰人间仙界，皓皓烟峦。

诗朋学侣争瞻，喜胜景、翁妪返稚颜。品留[illegible]茶酽，饱读典献，正蒙客淡，竞效英贤。纷踏新痕，聚观霁月，十色风光何奈天。叹今古，问梅宾菊客，谁耐清寒？

2013.3

① 茗园指园名。五步桥、掠燕湖、留[illegible]馆、正蒙斋、聚观亭、霁月亭、风光亭均为园内之景点，其中留筋馆为茶馆，正蒙斋为餐馆。

沁园春·立春雪赞

冬去春来，雪舞中州，雾锁皑山。看龙门内外，风雕云砌，伏牛[①]上下，人渺烟阑。雀躲冰巢，鸟藏冻穴，玉阙琼楼伊水悬。疑仙幻，恰瑞天祥地，换了人间。

青松翠柏酣眠，喜贺岁、翁童逐笑颜。醉乡音袅袅，家长里短，胡铿笛婉，曲悦弦欢。春晚纷呈，举家夜宴，歆玥[②]初生颐寿年。问邻里，有同堂四世，谁比刘潘？

2014 除夕

① 伏牛是山名，乃秦岭余脉。

② 歆玥是姐姐的孙女儿，乃刘氏和潘氏的后人。

踏莎行·题聆雨轩

新韵

杨柳依依，蜻蜓款款，莺歌一曲春阴浅。风吹鸢尾入窗棂，雨滴暴马丁香暗。

芳草萋萋，梨花泛泛，闲亭紫陌箜篌软。清溪寻鹤问蒹葭，玉楼宴罢鸽声远。

2015 春

踏莎行·再题聆雨轩

新韵

曲径红稀，芳堤绿绽，观唐秀色青青点。归鸿远去信鸽回，犬声吠吠迎宾岸。

翠幕垂墙，香澜袭院，海棠谢后樱桃软。一杯佳酿入肠时，斜风细雨千行线。

2015 春

千钟醉·故乡来相会

——记高中同学35年聚[①]

一钟醉，金风徐予清芳桂，丽水[②]轻扬凤眼眉。湖光妙颖，瀛梁[③]飞璀。故乡来相会！

二钟醉，胡琴婉转宣娇媚，秦岭[④]娉婷展翠微。王城杨秀，关林[⑤]庙伟。故乡来相会！

三钟醉，邙山[⑥]晚眺香龙[⑦]对，白马[⑧]钟玲虎骆威。牡丹未绽，梧桐正蔚。故乡来相会！

四钟醉，秋云舒卷红霞绘，宏宇笑披绛紫晖。涧溪[⑨]萍碧，瀍[⑩]汀旭魅。故乡来相会！

五钟醉，欣箫仙瑟群英会，宝马雕车婧媛归。天荒地老，客魂安遂？故乡来相会！

---

① 词中含有101位师生之名。

② 丽水指洛河。

③ 瀛梁指洛阳瀛洲桥，因形似彩虹，缀有灯火，夜景璀璨无比。

④ 秦岭指位于洛阳城南的山脉，名为伏牛山。

⑤ 关林指关林庙。

⑥ 邙山位于洛阳城北面，古有“生在苏杭，葬在北邙”之说。

⑦ 香指香山，其山有白园，唐代大诗人白居易葬于此园；龙指龙门山，上有龙门石窟；香山与龙门山两山相对，伊河从两山之间穿行而过。

⑧ 白马，指白马寺。

⑨ 涧溪指涧河。

⑩ 瀍指瀍河。

六钟醉，乾明坤晓冰心碎，月没参横北斗维。莲陈花谢，相思憔悴。故乡来相会！

七钟醉，锦书新寄望乡泪，古砚永留向洛辉。伊[①]渊梦海，华年流水。故乡来相会！

八钟醉，佛雕[②]灿灿琪琳缀，美酒幽幽巷陌回。娟娟月下，执杯相对。故乡来相会！

九钟醉，师尊练达施兰蕙，学子洞明建素碑。故人虽在，童颜已褪。故乡来相会！

十钟醉，今生有幸天缘配，旧日无由义气随。朝晖夜照，争芳竞蕊。故乡来相会！

百钟醉，登峰听雨孺牛累，踏燕寻梅布谷悲[③]。青春易老，蹉跎难悔。故乡来相会！

千钟醉，宁师陶圣田园寐，强教儿孙富贵偎。慰心冰雪，鹤梅伴岁。故乡来相会！

作于 2015 夏　改于 2017.5

① 伊指伊河。

② 佛雕指龙门石窟的石刻雕像。

③ 孺牛指某位老师，其长女名梅，系作者同班同学，当年因高考失利而自杀。

望海潮·忆烟台旧事

浪音鸣灭，闲鸥迁缓，长滩沙冷无欢。芝罘暮游，烟湾客寂，风弹丝雨如弦。忽忆事当年。把胶东踏遍，徒步三千。学友诗朋，晚来把酒论宏篇。

村溪夜话衾寒。有渔灯蔽岸，天上人间。传影未黄，行人渐老，如今憔悴这般？云暗酒旗翻。醉倚阑恋日，惚若经年。无奈身疲，不得飞越到仙山。

2015.8.9

浣溪沙·蓬莱

海枕峡弯浪撼穹，雨斜烟纵毓璜朦。登州港内小船胧。

松柏挽留亭上月，竹兰私语岸边风。八仙渡口觅神踪。

2015.8.9

盐角儿·咏云

朝时似锦，暮时似锦，无尘仙荫。大晴遣雪，天阴遣墨，世标千稔。

掷霞裳，抛霞枕。无端底、波瞋森凛。总还是，纤纤淡淡，不尽万般柔荏。

2015.8.12

盐角儿·咏风

来无寸影，去无寸影，春吟秋咏。施柔似水，施刚似电，雨头狂劲。

起青萍，留青杏。凌高也、云腾波骋。只无奈，依霜仗雪，偏叫众芳心冷。

2015.8.13

十六字令·风之组歌

其一　和风

风。化雪融冰百草葱。青杨柳，桃李诱黄蜂。

其二　薰风

风。簌簌榆钱落水中。槐枝曳，蝉叫共蛙喁。

其三　金风

风。百木萧条万籁穷。霜天彻，烈烈荡苍穹。

其四　朔风

风。万树千枝澹雾凇。衔飞雪，闲步越冰峰。

其五　大风

风。江海山川任骋骢。千寻马，一跃展雌雄。

其六　微风

风。彩凤斜飞两翼雍。惊波滟，山杏动花容。

2015.9

少年游·题香山黄叶村曹雪芹故居

青堤相送，红蜓作伴，山静水波横。绿苇津头，槿花墙外，村小老槐荣。

红楼好，奈何如梦，飚忽厦堂倾。没落豪门，普通院落，成就了鸿名。

2015.9.8

水龙吟·病秋

平明夜雨初停，寒侵北国相思杳。车行渐沸，船游尚早，巷荒人渺，昆玉风生，玉渊波起，纤云生巧。望西山万壑，枫林尽染，秋声肃、斜阳老。

弱柳愁丝笼罩，麦钟桥、古流淼淼。杜鹃哭歇，画眉声噤，秋千清吊。竹影飞窗，乱红妆地，难寻娇俏。帐楼台梦碎，魂牵蝶恋，月光空照。

2015.10.14

清平乐·故园空寂

——依韵吕幼枫《清平乐·独步石径》

故园空寂，萧瑟清溪曲。鸟宿云低风逐羽，冷巷又逢阴雨！

白马钟鼓声寒，香山伊水烟澜。独钓天津晓月，芸窗度尽余年！

2016.10.16

踏莎行·秋日黄昏

花影偷移，枣香暗转，黄鹂鸣柳船横岸。清清金水映埋钟[①]，声声布谷啼皇苑[②]。

红酒微微，瑶琴慢慢，槿篱枕卷黄昏懒。高楼目断玉泉[③]青，斜阳只送平波远。

2015.10.18

① 埋钟指埋钟桥，又名麦钟桥。

② 皇苑指皇苑路一带，这里曾是清代的皇家园林。

③ 玉泉指玉泉山。

临江仙·秋雨思

叶落桥横栏色白，烟浓雾重船穷。西山隐隐水天空。寂寥皇苑雨，暗淡麦钟风。

独上高楼凭酒问，千秋王业何踪？一声管瑟入云中。人间荣辱事，天上有机锋。

2015.10.20

如梦令·游花海

花海悠悠漫步，霜叶红花争舞。童稚戏韩卢，笑语欢声无数。秋暮，秋暮，玉宇澄清何故？

2015.10.23

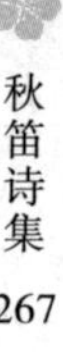

渔歌子·咏冰雹后之荷

溽暑犹侵碧草零，素秋仍远夜雷惊。风飒飒，雨凌凌。红衣脱尽也娉婷。

2015.10.23

浣溪沙·中州秋日

新韵

雾障烟屏锁阙楼，风吟水荡暮横秋，中庭树影动还休。

霁色闲情归谢客，援琴对弈弄狎鸥，轻飞松骨鹤心悠。

2015.10.27

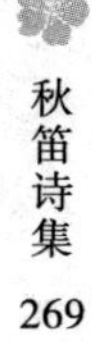

如梦令·游圆明园有感

鸭卧浅塘芦渚，蜓憩青莲花吐。歌尽玉笙寒，断壁残垣独伫。堪顾，堪顾，一代风华何处？

2016.8.6

永遇乐·题后海望海楼

新韵

曲巷幽深，旅人喧沸，佳友相聚。岸柳垂青，香荷并蒂，水面游船戏。墙头瓦素，池中萍丽，望海[①]斗檐飞举。凭高看、歌台酒肆，九门[②]水天无际。

天高几许，心高几寸，暮雪青丝几缕。旧事如风，故园似梦，梦醒实难叙。斜阳将老，明湖欲暗，酒罢醉人无语。夜悄起，灯红酒绿，管弦又起。

2016 夏

①② 望海指望海楼，九门指九门小吃，二者都位于什刹海北沿。

鹧鸪天·游圆明园

烟淡人稀雾笼天，日长拾翠纳凉闲。锦鳞桥下游龙戏，朱雀莲间惊梦翩。

看细雨，画清园，点酥珠玉落青盘。蜻蜓望断平波处，忽有歌声发远山。

2016 夏

清平乐·洛桂秋香

蜻蜓点水，翼翼分幽晷。桂子散金廊院醉，落日枝头烟蕊。

清标仙韵琼香，更添日月辉光。铜雀楼台珠树，鹤栖凤倚荷裳。

2016.10.4

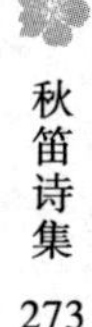

阮郎归·端午有感

东边虹彩送斜阳，微风乳燕双。榴花新吐又端阳，金盘送黍香。

葱岭玉，绍兴黄，一杯醉故乡。清歌金曲慰衷肠，曹娥念府堂。

2016.10.6

行香子·颐和园秋思

冷院深秋，云淡山悠。菊花黄，烟火慈柔。为听钟鼓，独上高楼。看秦时风，唐时雨，汉时舟。

世间悲苦，离愁别恨。怅惘人，老泪横流。乡音不改，思绪难休。奈天多高，地多大，念多幽。

2016.10.25

行香子·秋意阑珊

月照津梁，霜浸芸窗。蝉声喑、夜冷秋长。残红已褪，落叶空伤。正一回哭，一回笑，一回狂。

南锣鼓巷，熙来攘往。怎偏听、布谷啼凉。风流尽占，海内高墙。任风儿吹，雨儿打，泪儿汪。

2016.10.26

朝中措·秋风落叶思

愁情乱絮满楼风，烟渚暮霞中。水映苍天云梦，七弦几度匆匆？

飘零到此，天涯倦客，一脸愁容。沧海浮生半世，庭前落叶梧桐。

2016.10.26

解语花·京城秋话

天笼绀碧，水浸绫绡，缯彩争诗画。赤楼金瓦。香尘过，金水玉栏桥下。霓裳舞雅，看鲁女、清歌一把。莺燕哗、琴瑟参差，阵阵香随马。

缺月疏桐影挂。见华灯初放，俦侣情洽。鹊桥仙话。星河转、渌水碧澜惊诧。秋风飒飒，更有那、霜侵露打。待月华，夜寂更深，终舞休歌罢。

2016.10.26

雨霖铃・乡思

枫红妆露。菊黄衣甲，桂子簪素。斜阳煦拂水面，长亭落寞，芦花凄楚。岸草青踪渐少，有寒鸦闲步。翠袖冷、屏翳行风，望断迢迢故乡路。

忽听却大河鸣鼓。忍秋声、杳杳梁园土。南柯梦醒时候，更漏尽、斗垂天宇。耿耿银潢，行止无期，鹊老难渡。恨枕榻、莫若灯前，去把相思赋。

2016.10.30

莺啼序·先考刘公传

桐花淡香紫萼，染龙门万缕。看金谷、杏怯桃羞，涧水波掩春渚。听晓籁，雄啼凤唱，芳菲艳羡争相妒。月户添生趣，鸿儒奋笔欣赋。

战火边城，霰弹骏马，虎师穿江浒。歼美帝、星夜驰奔，展军威铁胆铸。凯旋来、炮营独恋，抛军校，禄名尘土。只从头，重整此生，踏归乡路。

系心工业，神技卓冠，孜孜未厌苦。离眷属、校餐厂宿，不奉俗礼，但摒奢华，竹魄梅腑。朔风旋起，山川骤冷，霎时间叶凋千树。雪为心，怎忍他人误。洪渠汗洒，庭院枣茂椿高，梁间乳燕喧舞。

云天望极，秦岭逶迤，笑看嗔怒雨。胆气壮、廉颇应慕。墨劲千钧，槌击双球，耽乐无数。长城内外，江河南北，行踪镌印旷迈旅，畅逍遥、漫续英雄谱。如今功列仙真，菊柏相随，永襄故土。

2016.11.5

雨霖铃·悼慈父

风悲踽步，雨伤方寸，五内焚楚。阴云愀如闭日，憔然百草，凋乎千树。洛浦鸿惊鹤唳，素衣盘龙路。白马嘶、瀍水流长，泪溅苍邙别离处。

援朝抗美英雄谱。建家园、绩赫声弥著。孝忠两全表率，严教诲、子孙诚慕。立地擎天，温润施人，厚德宏度。此去也、日月同晖，浩气传千古。

2016.11.16

梅花引·长相思

秋草泣，风如笛。梧桐凄凉古驼悒。北邙高，桂丝绦。竹箭凛凛，瀍涧何骚骚。

家翁此去还天姥，为睹慈颜觅梦渚。伊河长，洛河长，秦岭绵延，千古一苍茫。

2016.11.20

江城梅花引·念父恩

洛阳桥上望龙门，雨氲氲，雾氲氲。一把竹枝，郁翠向天津。邙岭霜风寒彻骨，菊如雪，鬓如霜，念父恩。

父恩，父恩，意何殷？被犹温，衣尚新。梦里梦里，梦黯淡、忧魄残魂。千古如斯，无奈此离分。涕泪淋淋凉浸枕。愁入夜，痛肝肠，愀悴人。

2016.11.21

点绛唇·秋分

——步宋谢逸《金气秋分》韵

冷落秋千，兔辉几许斜墙半。桂花香满，柳笛声声远。

素月娇颜，更见仙人观，眉痕乱。玉消华散，莫怨蟾宫管。

2016.11.22

清平乐·游颐和园有感

云归何处，烟柳频回顾。燕子归来嗟日暮，菡萏临风楚楚。

翠华一去随风，斜阳还照塘中。千古风流何在，玉楼金阙成空。

2016.11.27

梅花引·长相忆

邙山陌，松风阁。凤蜡龙薰迎缟鹤。望云坡，泪几多。点点离骚，瀍水涕滂沱。

谢庭飞絮亭边柳。碑前揖洒涓涓酒。形茕茕，影茕茕。惆怅怎寄，惨淡看铭旌。

2016.11.30

盐角儿·题背影

肌明胜雪，腕明胜雪，无瑕环玦。风非在锦，风非在饰，骨中清绝。

转娇肢，回娇颊，花观水、沉鱼羞月。纵凭那，红衣似血，难掩一怀霜洁。

2016.12.11

一丛花·咏荷

——和何芳《一丛花·荷花》

田田叶碧衬红妆，殷切送安详。丝丝桂雨斜斜出，点栗色，澹荡秋光。琼影婆娑，孤园蟾魄，清湛月流香。

餐霜饮露藕深藏，飞镜荷高凉。冰魂出自污泥里，洁如玉、奈得阴阳。恻恻寒风，池飘虚翠，鼓发棹歌长。

2016.12.25

念奴娇·登五台山

登临紫府，畅天光、一缕虹霓呈目。积雪浮云梅蕊白，衣染三分香馥。马踏驼铃，鹤栖浅苇，燕子韶阳沐。黛螺[1]遥想，雁门烽火逐鹿。

又见太行东来，巅峦雄旷，五顶齐高矗。叶斗[2]凌波松挂月[3]，翠霭浮空悬麓。遍拜山门，未逢故友，更问仙人卜。红尘抛却，冰心云寄风祝。

2017.1.9

① 指黛螺顶，是五台山著名景点之一。

② 指叶斗峰，为五台山北台主峰，也是五台山的最高峰。

③ 指挂月峰，在五台山西台。

浪淘沙·忆衍能法师

寂静麦钟晨，雾霭氤氲。静云漫抹蔽天昏。细雨长流昆玉水，上善无痕。

大道自玄门，念念怀仁。菩提树下遁红尘。了却三生多少事，宿愿成真。

2017.1.9

东风第一枝·探春

雨润绯桃，风酥玉树，金梅又报新暖。横空雁阵成行，戏水鹅群离岸。青茵碧甸，望十里、幽情连绻。探柳林、衣湿清香，旅友几回低唤。

折美卉、遍插祝愿，斟旨酒、倾谈眷恋。栖霞紫气东来，宿檐孤云北漫。长河落日，独坐看、暮深春浅。料故园、绿绕轻寒，白首蓦然轻叹。

2017.1.16

解佩令·华年流水

船横雾岸，蝶栖菊蕊。晚枫垂，蝉老声累。燕燕低回，看画庑、红颜抛泪。倚栏杆，暮秋滋味。

斜阳无语，霜摧鹤鬓。怎禁他、华年流水。雨剑风刀，自难忘、休言追悔。且销魂、此番沉醉。

2017.1.23

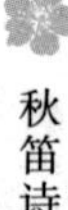

蝶恋花·春消息

柳眼朦胧风细细，御苑颜新，玉带[①]飘天际。草色悄然青未几。昆明[②]浅淡燕山迤。

喜鹊衔枝春信递，褪尽梅妆，岁又消磨已。酌酒一杯家万里，亭檐落日尊前醉。

2017.2.23

① 玉带指北京颐和园的玉带桥。

② 昆明指昆明湖。

永遇乐·北国风光

琼树如花，云林如雾，老松苍冠。霜径留痕，枫嫣裹素，鸟鹊人无见。海棠衔玉，朱栏擎白，好个娉婷北苑。西风烈，鹅毛飞处，却把去路封断。

暖炉生火，香茗融雪，温酒吟诗昏晚。曲子萦梁，欢声喜气，鹤舞笙簧慢。人生若梦，尊前一笑，切莫心怀愁怨。凭天问，良辰美景，何须慨叹！

2017.2.27

一剪梅·瑞香

——为芳鑫如水题

琴岛花开南澳娇，清标诗林，韵点眉梢。凤凰起舞雪翎摇，曲乐声中，美赞如潮。

一缕瑞香翠帐飘，寅岁星移，日月辉消。青山碧水育钟灵，鸿雁南飞，梦里魂撩。

2017.3.11

行香子·春愁

花岸侵香，柳岸听啾。看春光、绽放枝头。闲巡故道，信沐熙柔。品诗中味，画中你，梦中眸。

一杯淡酒，双行清泪。任花飞、流水难收。红颜易老，娇女多愁。盼雪同赏，月同候，雨同舟。

2017.4.6

踏莎行·春雨

——和千华

桃色淹天，雨丝润草，芬芳泣露香缥缈。蓝烟笼翠近黄昏，银珠滴渐愁丝少。

山识诗音，水知琴调，路长千里心相照。一杯薄酒寄深情，同登高远听风啸。

2017.4.13

减字木兰花·萱草①

——和临野水看浮云

青山壑谷，碧草娉婷蜂下馥。邀做芳邻，怎想丹卿化蝶魂。

春风润雨，喜见新芽昂首觑。病愈无愁，壮气横秋以解忧。

2017.4.14

① 萱草又称丹棘，词中丹卿同指丹棘。

松竹体新汉诗·咏牡丹

春都动，国色开。四海争睹，仙人醒来。观青龙卧墨，看魏紫登台。雨露银珠嵌靥，曦光瑞气环枚。风迎白雪冰心魄，酒醉杨妃粉面腮。讥媚骨，蔑皇裁，众芳皆笑我偏呆！

2017.4.17

采桑子·毕业季

临风待月[①]离骚诵，博雅[②]玲珑。柳絮漂蓬，湖畔春深暮色朦。

红楼[③]燕子同飞去，岁月青葱。往事如风，朗润[④]依稀风入松。

2017.5.3

① 临风待月楼是淑春园的重要建筑，后来未名湖畔的临湖轩即是在此楼的遗址上建造起来的。

② 博雅指未名湖畔的博雅塔。

③ 红楼是北大的重要古建筑之一。

④ 朗润指朗润园。

满庭芳·玉渡风光

淡雾疏烟，水明林暗，暑阴玉渡银川。地空山静，嘉树蔽幽兰。青草白英点紫，小石涧，碧水潺潺。悬流下，平潭垂玉，新绿溅三泉。

流连，缘路去，蹬惊雀乱，霭锁重峦。若置身天外，百里无烟。倦看喧城噪市，怎禁这，世外桃源。竹溪畔，先安簟枕，任意众山间。

2017.5.4

短歌行（古风·外一首）[①]

八月秋高，风吟如歌。
白云堆雪，长天辽阔。
回思当年，少年驹娥。
幸缘复考，同寝共桌。
恩师普惠，濡沫以呵。
苦寒磨砺，奎星撷掇。
众心拳拳，精忠报国。
求学四海，造就英哲。
乌鹊南飞，神寄伊洛。
未忘桑梓，思沈梦约。
常念师恩，永铭重托。
卅五重聚，唏嘘良多。
邙岭迤逦，瀍涧婆娑。
金谷初晴，龙阙巍峨。
俯仰知命，余生几何。
与君共奋，壮我山河。

2013 夏

① 与姚鸿健合作。

梅花约我小桥东

——和随爱飘游·轱辘体

梅花约我小桥东，鬓带冰霜腋带风。
疏影翩翩标日月，溪头烟树雪成丛。

一袭霜衣降桂丛，梅花约我小桥东。
星光点点琼枝瘦，独立寒溪忆雪鸿。

春开玉骨艳惊鸿，一缕香魂摄玉弓。
溪下孤根怀雪魄，梅花约我小桥东。

2017.2.23

现代诗

春的时光

带雨的紫丁香
怀着深深的思念
滴落着春的忧伤……
陨落的爱情
向着西下的太阳
叙述着
孤独的辰光……

踏青的时光
在冷落的秋千上摇晃……
青春的绿发
被陈旧的岁月染黄
生命的钟鼓
诉说着
命运的悲怆……

一叶出海的帆
永不会返航……

1987

落叶

当秋风吹过
你片片地旋转
缓缓地坠落
你的悄然细语
似乎在诠释生命的轮回与因果

曾经年轻的我
也曾与你一样
春天里
有初出嫩芽的梦想和希望
夏日里
有赋人绿荫的激情与蓬勃

然而
岁月的年轮
却永不停息地雕刻
风霜雨雪
交加着生命旅途的坎坷
没有痛苦和眼泪
只有承受与沉默

毕竟

秋天是金色的

涅槃的只是你的躯壳

当冬天过后春日来临

你又将浴火重生

与美丽的花朵

共同缔造生命的累累硕果

2016.10.18

符号的暗语

书名号里
包括的未必是经典
也许是炫耀成功
抑或是追逐名利

引号里
援引的未必是
发自肺腑的真言
也许是道貌岸然的妄语

冒号里
道出的
未必是颠扑不破的真理
也许是堂而皇之的诡辩
貌似符合逻辑

感叹号
标注的
未必是激情澎湃的呐喊
也许是软弱而无奈的叹息

问号

导引的

不见得是问题的真正答案

也许是永远无法知晓的谜

不知符号密码的背后

到底隐藏着多少也许

2016.12.15

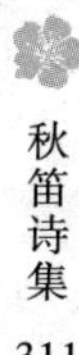

致海棠

你曾是
皇宫林苑的名媛
你曾是
贵妃春睡的古典
你无香
却成了花中神仙
世代风靡的
不只是你的明艳

两千多个年轮
刻在体内，眉宇间
你却风采依然
春来秋往
你渐行渐老，花瓣
一片，一片
落下，但那不是死
而是凤凰涅槃

2017.3.1

桃花梦

有一种花，叫作桃花
开在怀春的季节
又在春的怀抱中凋谢

阵阵桃花雨
漫天飞舞，卷起相思梦
坠入泥土，遭遇浩劫情

红尘里，我睡成桃花美人
却梦见雪人，在江南的梅园
守候丢了魂的春

2017.3.4

梅之梦

那一天
月亮很圆
梅花对着水
顾影自怜……

她喝醉了酒
梦见雪人
撑着油纸伞
对她说：
我是为你才来到这世间

梅张开花瓣
迎接雪之吻
六瓣中的花魂
被另外六瓣抽走
刹那便与他结了缘

后来，雪人随大雁
去了南方。梅花

患上相思的绝症
雪人闻讯便化了
泪流四野，变成太湖

神话里，太湖中
生出一株孤梅
与湖水长相守望
形影不离

2017.3.5

生命之叹

土，出了问题
水，随即也会出问题
很少有人能逃脱

然后，水淹了土
土使水陷得更深
直到万劫不复

事不关己的鼓励
无微不至的呵护
都烟消云散

真的有灵魂吗?
灵魂是谁?!

2017.3.6

春光里的相逢

我在雪界
俯视世间的春光

缀着冰挂的桃花
青春勃发，任凭
春光吻着雪人
一点一滴地融化

散落在空中的诗句
一行又一行，朦朦胧胧
读得懂与读不懂的
润物细无声，渗入骨
那是喜马拉雅
终年积雪的情话

疲倦了
便把灵魂系在风上

2017.3.7

诗魂

云游的诗魂
在春光中醒来
不再重温梦的预言

我把与春光相逢的诗
写在盛开的花里
诗魂还未参透世事
就将被尘世遗忘

雨夹雪
淋湿了所有的春光
淋湿了桃花
想见雪人的期望

受惊的梅花鹿
回眸张望
不远处的山峦
隐藏末日的恐吓

桃花与雪相逢的故事
注定有一个
要带着冰魂离开春……

2017.3.8

梦与童话

梦见古老的玲珑塔
和塔下玲珑的桃花
忆起年轻时的灿烂
以及前世的辉煌
仍无法忘怀病痛
在血液里作恶
从暗夜到黎明
从春天到秋天

醒来
似乎听到喜鹊在叫
百鸟围拢过来
叽叽喳喳
讲的是春天的童话
结冰的桃花
会在阳光灿烂的日子
谢幕吗

换一幅头像，换一个心情
希望预言的泡沫
随时间悄悄破灭

2017.3.8

晴

傍晚，一抹阳光
从窗口闯入
惊动了树叶
也照亮了我的孤独

雪人说，明天
明天一定晴很久

2017.3.8

雪人

喜欢下雪
喜欢没有足印的雪地
喜欢堆个只属于我的雪人
喜欢看你在漫漫冬日
守候着我的心

喜欢你住在海边
喜欢你头戴紫光阁的光环
喜欢与你柔软地相遇
喜欢你把高洁的种子
植入我的心田

喜欢那日的分别
喜欢无尽的挂念
喜欢遥望大雁南飞的相思
喜欢在春日忆起你的形象
喜欢在诗里倾诉对你的眷恋

喜欢你的名字叫雪人

2017.3.12

月光潮

月光弄潮
烦恼无岸
一波又一波地侵扰
平静下暗藏谁的悲号

沉默向月亮奔逃
回眸人间愀然一笑
潮水溅起浪花
激出无数梦想的气泡

记忆在月光下的沙滩上奔跑
足迹被潮水抹平后又印上
像某些不应忘却的爱情
被人有意无意地忘掉

2017.3.13

爱情序曲

夜幕降临
塔守候在日光里
等待花儿们梳洗
黄昏后的约会
注定要有一场爱情

花儿们刚刚沐浴过
袒露着白皙的身体
和娇羞的脸
不知约了谁
如此风情万种

月亮与落日交相辉映
蝶和蜂不知到哪儿幽会去了
一只绿色的刀郎
亲吻花的芳唇
激情使翅膀扇起了风

一个男人

抱起一个女人

举过头顶

任由她去摘天上的星星

2017.3.15

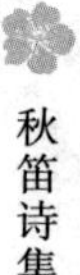

种子

当冰雪融化的时候
花草的种子开始
在雪下的土地萌芽
春，就要来了

当鸿雁归来的时候
衔回南国的红豆
种子掉在我的嘴里
心长着满满的相思
春，真的来了

当你以紫薇的名义
赐予我弓乙的祝福时
你的诗句像一粒粒种子
种在我的心里，长出了繁华
春，我走不动了

2017.3.17

春分

你把春掰成两半
一半给梦中的我
一半留给清醒的你
然后庄严地说你将渐渐离去
北方的桃花雪
交加南方的黄梅雨
传书的翅膀在劫难逃
远在天涯的音信
像石头沉入海底
是谁用这节令
把昼和夜分得这样精密
让一半回归空寂的天河
另一半沦陷文明的淤泥

春季看似温柔似水
却是最无情的
任何一阵不大不小的风雨
就会有一朵脆弱的生命
在睡梦中被悄悄遗弃

2017.3.20

宫殿

绘着锦绣的古窗
曾藏过多少惆怅
朱红色的廊子
和汉白玉的栏杆旁
曾有多少灵魂在那里徜徉
大殿里巍峨的座椅
坐过多少曾经的君王
一把美丽的金锁
把所有的灵魂
都锈在名利的铁窗之上

2017.3.27

遭遇沙尘暴

沧桑的古迹
抵不过日月的沧桑
沧桑的日月
抵不过人间的沧桑
昏黄的黄昏
浮尘在红尘中甚嚣尘上

昏黄的天空挂着昏黄的太阳
昏黄的杨柳围着昏黄的宫墙
昏黄的栏杆端着昏黄的酒杯
昏黄的桥迷了眼睛趴在地上

昏黄的太阳落下昏黄的山冈
取代昏黄的是黑夜的漫长
有人说
上帝对你关上一扇门
必为你打开另一扇门
夜行的人们
你不必太恐慌

2017.3.27

长城与桃花

三月的桃花
以烟花般的惊艳
在夕阳的灿烂中张望
以尸骨堆起的长城
蜿蜒着伸展到天际
时而隆起高高的烽火台
时而陷入桃花之海
时而又重新攀爬上
覆盖着积雪的山冈

历史的沧桑
写在长城那赤裸的脊背上
夕阳下的烽火台
敞露着他古铜色的胸膛
与他相偎的桃花
以其瑰丽的裙裾
掩映着大漠孤烟的悲凉
透过花障依稀可见
城墙上模糊的箭疮

落日的优美

带着古老的忧伤

不知是桃花扇的悲情

还是孟姜女的凄惶

2017.3.29

大昭寺下午茶素描

雪一样的墙
雪一样的云
雪一样的帘障
朱红色的栏杆
墨绿色的格窗
茶炉上煮着淡淡的奶香

窗台的花是那样明朗
门框的兰是那样茁壮
格桑花和帆状的彩石
似乎密谋着要同去远航

藤椅的网格透过阳光
把历史的过往
绣在比它更古旧的七彩布上
一只黄狗正在张望
女主人的喷壶里
怎会吐出珍珠

人生走到这样的高度

还有什么值得感伤

2017.3.31

错过

那晚的酒是那么浓
异国的月亮醉倒在杯中
所有人摘下面具
海阔天空

小提琴曼妙着
你用我的酒杯
轻碰你的唇
瞟我一眼
一饮而尽

夜风来敲门
“你是我的故土
你是我的魂，
你是我的梦中人”
我望着月亮
那失了主的六神

汽车驶出你的视野

富士山的积雪湿了眼睛
我的心被你穿越
从远古袭来一股柔情
沁入心脾透入骨缝

我独自跑到深山
对着无人的旷野
狂喊你的姓名
不是为了呼唤你
是释放那蚀骨的痛

多年后我做了个梦
你说我在太阳深处等你

2017.3.31

玄武湖之夜

夜的黑暗
使一切变得茫然
树木只剩下枝条的轮廓
鸟雀们躲进巢内不敢哭喊
挣扎的湖水已经疲倦
灯火也正苟延残喘
灵魂离人类越来越远
岸上的楼宇和湖下的倒影
到底谁是虚幻
灯影里的树色是那么斑斓
美丽的背后
往往藏着难以言表的凄婉
紫色的精灵
怕是等不到明天
愿你以梦的名义
赐予她一晌贪欢

2017.4

放逐灵魂

灵魂的长夜中
绽放着身体的花朵
放逐的天地间
坚守黑暗的言说

如果没有躯壳
灵魂可以自由地穿越
去窃听君王们的秘密
秦始皇、唐太宗、汉武帝
那疯狂的春秋几朵

历史的城墙上正上演着
杀戮的成功与耻辱的攻克
武器是王者的刀枪剑戟
欢喜是没有自由的欢喜

我的灵魂
为古文明的征战哀恸
朝代更迭君王故我
到底中了谁的魔咒

胜利之后又总是重蹈
前朝的覆辙

我的灵魂
为野蛮的酷刑震惊
忽儿是五马分尸的撕扯
忽儿是凌迟的痛彻
为何由精英组成的士林
怎么逃不出封建的旋涡

我的灵魂
穿越青铜器、瓷器
被灿烂的文明蛊惑
也被那文明的暗剑从背后刺中
我含冤倒进汨罗江
听那不死的灵魂
正对着天吟哦
路漫漫其修远兮
吾将上下而求索

我的灵魂归来时
电视里正在播放
西游记的主题曲
敢问路在何方

2017.4.4

我是谁

我是鲜花
以绚丽煽情的绽放
透支了永生的情商
凋谢时只剩皮包骨的芳香

我是太阳雨
以日光的十色和水的温存
浇铸成湿润的金身
拥抱灵魂雕塑者的光临

我是蝴蝶
曾以祝英台的痴情
换得与梁兄的重生
缔造了千秋万代比翼双飞的蝴蝶梦

我是你眼底最后的灵符
心里装着连自己也不知道的秘密与天地

2017.4.4

穿越

花朵的明艳
穿越苍劲的树干
树干的坚挺
穿越花朵的柔软
他们拥抱着穿越寒冷
抵达春的海岸

月光的神明
穿越黑夜的无限
相思的魅力
穿越银河的光年
你那诗的妙境
带着神奇的光环
穿越我幽秘的心田
渗进每一个毛孔
给予我的灵魂以春的礼赞

2017.4.6

荒岛

岸的年轮
雕刻着湖的蜕变
黄色的蜿蜒
屈就着温柔的伸展
还有生的欲望
被砍的树已枯死多年
远处的一抹绿色
和寥落的游人
令人想起久违的炊烟
纵是洪荒之力
也难以改变那古老的警语
民以食为天
而天已在湖水中沦陷

2017.4.7

云与鹦鹉

云扮成鹦鹉
钻进笼子
想学讨好人的巧言
她不知鹦鹉的代价
更不知笼子的黑暗

鹦鹉久困牢笼
深谙巧舌的苦难
羡慕云的不羁和无语
羡慕云默默地装点日月
悄悄地漫卷巫山

于是
鹦鹉跟云说出他的妄念
他想冲出牢笼
与云做一对悠哉的旅伴

2017.4.15

海棠雨

——题颜旭冬海棠照

那一夜
下起海棠雨
花如絮纷纷扬扬
漫天飞舞
落满溪塘

那一夜
分别的话触动情肠
泪如海棠雨
淹没了天空
淹没了通往你的桥梁
那一夜
春风又起
把落水的海棠荡漾
旋起一轮轮的花环
绘成一幅幅你的画像

2017.4.17

这一刻

——题福缘明黑天鹅照

这一刻
绿水荡起秋波
相互的凝视
成了千年的定格

这一刻
翅膀鼓起勇气
水影拉近彼此
双双坠入爱河

这一刻
没有引颈高歌的誓言
没有尘世的喧嚣与纷扰
只有情到深处的沉默

忽然忆起梦里的那一刻
我说我会把沉默变成不息的海水
你说你会把月亮变成不朽的使者

2017.4.21

端午祭

战国的时光
依旧在汨罗江流淌
两千多年的过往
多少昏庸的辉煌
被人间遗忘
多少奸佞的得意
被潮水抛入汪洋
多少得逞的阴谋
遭受后人的唾弃
唯独你的名字
能唤起世人的景仰

端午的太阳
为什么如此炙热
她曾见证过
忠言者的凤凰涅槃
端午的沧浪
为什么朵朵如莲
她曾见证过

香草美人的圣诞
端午的诗潮
为什么如此长盛不衰
因为你的光明之身
是华夏魂灵的真正祖先

你头顶圣洁的光环
怀揣千年的圣典
以悲悯的慧眼
俯视众灵，诘问苍天
如今这世间
是否依然还那么荒诞

2017.4.23

致 Deborah

你是春播下的种子
生命是那样的蓬勃
如刚刚萌发的芽胚
又像含苞欲放的花蕾
你的降临
提纯了我人生的质地

曾记得你牙牙学语
有时让人啼笑皆非
有时又令人心生惊异
无论大人怎么作为
你有你的独立王国
你有你的行为逻辑

你喜欢雪孩子
因为他纯洁无比
你喜欢奥特曼
因为他神勇无敌
后来你又爱上了猫
因为她妖娆而又神秘

你是春风捎来的问候
你是日月带来的光辉
你的温润
能抚平我身居闹市的焦灼
你的天真
能释放我身在庐山的疑虑
你的声声呼唤，能激励
我在血雨腥风中巍然屹立

生活在你的童话世界里
是我的福气
最动人的是与你相拥
说着只有你我才懂的梦语

2017.4.25

油菜花地

望着那片金黄
单薄的背影孤独而感伤
那是与云告别的地方
心被扯得像风一样长

天之蓝云之白
草之绿和花之黄
被浓缩到一颗悬着的太阳上
你说在我头顶放了五位圣光
祝我一切吉祥

我会把那颗悬着的心
种在这片油菜花地
熬过漫长的冬日
与春天一起发芽、成长

2017.5

枯木

枯死的身体在水中匍匐
枝丫却向上张扬着存在
用力扯去头顶的云彩
渴望得到太阳的垂爱

春去秋来
你的四周飘满落叶
枝杈上堆积着霜雪
没人能意识到你已枯死
倒成就了你别样的风采

春夏的葱茏
裸体的你泄露了行藏
周遭的绿意唤起求生的欲望
形容枯槁却奋力向上
似乎要拥抱一段逢春的梦想
你发达的根系深扎于沃土
繁茂的枝丫割据着穹苍
像一本谁也读不懂的天书

没人敢锯掉你的枝杈
更无人敢将你连根拔除

你是一株枯木
身已死，灵尚在
四季里诵颂着同一段经文
上报四重恩
下济三途苦

2017.5

朝圣

——拜谒关帝拉康·为徐非摄影题诗

春季已过
高原的花却依然盛开
朝圣路上的石阶
背负着朝圣者的期待

斑驳的树影
描绘着梦幻之海
空白处的浪花
翻卷着圣者的爱

白墙上规则的图案
使人想起对信义的崇拜
阳光神圣的折射
使天空变得暗淡
使尘世的花失了风采

远处一株伟岸的树
银发如霜，鬓须斑白

在苍茫的天地间
挥洒着亘古的英雄气概
皇叔封公为侯
百姓将公膜拜

岁月的潮
冲刷着记忆的岸
人们可能会忘记那些皇帝
但没有人会忘记关帝的存在

2017.5.1

致二呆

叫你二呆
其实你一点都不呆
只是女主人
想表达对你姐妹般的爱
你美丽的短毛
标志你的血统
也注定你的活泼与狂乖

你习惯把能动的东西当老鼠
常从角落发掘出一个个猎物
而后你会专注地用两只前爪
捕了又放，放了又捕
似乎是在训练意志与格斗

你与众不同
没有普通猫的高傲与孤独
也许是为了得到奖赏
你喜欢紧跟主人的脚步
也许是因为不甘寂寞

你喜欢守候在家门口
当听到钥匙开锁的声音
你便发出喵喵的欢呼
你更喜欢与小姐姐做游戏
眼睛着迷地望那双灵巧的手
并伺机发起突击式的反扑
不管成功与否
眼睛总是闪着执着与灵秀

你这古怪的精灵
也有小憩的时候
那时的你静如处子
但稍有风吹草动
你会迅速地睁开双眸
如果没有发现敌情
你便重新闭上眼睛
安然地在日光下
或主人的怀抱中恬淡地享受

2017.5.2

母亲

——献给我的母亲

哦，我的母亲
当春风在枝头
发出第一棵新芽
你初为人母
孕育了春桃、秋霞
和瑞祥、瑞斌以及所有的祥瑞……

想起你我又在童年徘徊
一会儿你讲着神秘的童话故事
一会儿你夜间缝制我们的新衣
一会儿你切下一小块肉悄悄给我解馋……

你像古老的洛水
不浩瀚但却源远流长
你像绵延的秦岭
不巍峨但却厚重而坚强
为了儿女
你把汗水与热血化为乳汁

把他们喂养
指望个个都能长出鹰的翅膀

如今你如那风中的烛
但在我的心中
你永远是洛神的模样
你是故乡的明月
尽管远在天边
却始终挂在我的心上

2017.5.8

日月同辉生命树

两棵初生的生命
拥吻着亘古的阴阳
在日月同辉的时刻
根根相连心心相印
天地释放出永恒的光
虽然躯干单薄
但葱茏的枝叶
却昭示着蓬勃的力量
怎样的机缘使他们
邂逅日月无心的会面
怎样的心志使他们
在寂寞的守望中成长

2017.6.1

共享单车

无需钥匙
无需押金
只需轻轻地扫一下微信
金色的车轮
便载起金色的梦想飞奔
一双双年轻的手
一种海纳百川的胸襟
共同开启了共享时代的大门

2017.6.5

父亲神采

你的眼睛
坚毅而敏锐
思想隐身于幽深的隧道里
万籁喧嚣
你却保持山的沉寂
你的眉宇
蕴含着曾经的弹雨
神韵中带着无所畏惧
你的耳朵
大而有轮
耳垂上缀着一辈子的福气
你厚重的嘴唇
像有铁将军把门
很少有人能开启
忽而迸出一句
便令人醍醐灌顶

2017.6.5

儿时的父亲

燕子衔来儿时的春天
弹弓、铜箍和陀螺
制作手枪的自行车链
你的巧手无所不能
还有用鸟枪打来的大餐

几个小板凳并成一班
听你哼着红灯记
智取威虎山
流水、二黄，西皮慢板
蘸着油漆的刷子
在桌椅上挥洒着神奇与浪漫

房子刚刚落成
你双手叉腰
仰望亲手装好的电风扇
受惊的燕子在梁间盘旋

2017.6.5

仙界

一脉青青的山
一川清清的水
一片白白的云
掩映着远山白白的雪
近处绿绿的草地上
有两团嫩嫩的鹅黄
泄漏了偷窥的太阳

山为媒、天为房
云为被、水为床
谁愿聘桃花作他的新娘
愿这天然的屏障
挡住尘世的喧嚣
愿那柔软的水床
成全我错过的梦想
愿那白如冰雪的云
呵护我纯洁无瑕的爱
愿那风韵犹在的桃花
开得像我的心一样

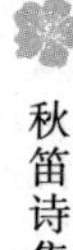

当我在仙界

独自发呆的时候

一只久违的蝴蝶

悄然落在我的身旁

2017.6.6

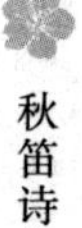

父女情

午夜的路灯昏黄
将一大一小的身影拉长
下夜班的路上
自行车飞转
灯影忽儿在后
忽儿在前
我依偎在你的身后
听你哼着样板戏的片段

生病
打针
我哭闹着
不为疼痛
只因你的娇宠
为了安抚我
你魔术般地从饭盒里
变出面包、油条和花生

开学的日子充满温馨

你用牛皮纸包裹书香
工整地在每本书的封面上
写上我的名字
拉练的时光更令我难忘
你精心打的背包
专业得使我成了全校的榜样

有一天
我妒忌姐姐的零用钱
偷偷从箱子里拿了两毛钱
你没有暴怒
却平静地坐下来
与我做了一次长谈
从此我懂得了做人的底线

报考志愿
你充分尊重我的意愿
选择前途未卜的高中
放弃已经被录取的中专
退出重点高中的理科试验班
选择师资力量较弱的文科班
你明知有风险
却义无反顾地支持我的决定
才成就了我的今天

人说父爱如山

你对我的爱如巍峨的昆仑

又如秦岭的绵延

我永生永世也报答不完

2017.6.9

父亲与体育

高音喇叭播放着进行曲
运动场上篮球传来传去
你雪豹般地一跃
投球进篮
看台上一片惊奇

退休的你
在门球场上耽迷
双色球　中柱　球门
你目测着满堂红的轨迹
淡定地挥起球槌闪击
于是你又声名鹊起

大病初愈　康复练习
铜板上雕刻出精美与传奇
一板一眼　锤钉相击
不为炫耀曾经的技艺
站立　行走　准确的言语
人人都说你创造了奇迹

电视频道被锁定为体育

在你的世界

生命的极致唯有竞技

2017.6.9

命大的父亲

战场上待久了
你脑后都像长了眼
子弹飞来
你把头迅疾一闪
生命从此遇难呈祥

六十六岁时你脑出血
昏迷着由朋友背下山
第二天你竟重新站立
愈后　你用引体向上
向我展示你的康健

一次晨练
你从山坡跌落
七根肋骨骨折
无人救援
你忍痛独自返回
肺部被断骨挫伤
当晚胃出血　脑出血

零肌力　深度昏迷
继而出现膈肌痉挛
肠道菌群紊乱
出血点压迫大脑额叶
又引发了癫痫
七十六岁的你命悬一线
危重病房二十八个日夜
我时刻关注你的生命体征
知道你又在同死神作战
当零肌力的下肢突然微微颤动
我惊喜呼唤
生命的奇迹又一次在你身上出现

母亲说　你胆大福大命大
不知是胆大
成就了你的福大命大
还是福大命大
造就了你的大胆
但我从小就知道
无论遇到怎样的艰险
你永远是那么的镇定
那么的坦然

2017.6.9

我的爱

我的爱曾是春天的桃花
明艳中透着神秘
娇羞中含着期待
终于在生日的那晚如期盛开

我的爱曾是夏日的夜来香
芬芳中透着热烈
温馨中带着浪漫
终于在风雨中经受了考验

我的爱如今走到了秋天
像霜染的枫叶一样绚丽
如雨后的彩虹那样斑斓
也许没有了甜言蜜语
也许没有了信誓旦旦
但彼此的依恋恰如并蒂的莲

即使到了冬天

花儿们凋谢了

我的爱依然会守望着

下一个轮回的相见

2017.6.12

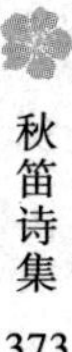

失眠的影像

月亮在床上辗转
无论数绵羊还是练瑜伽
都无法入睡
记忆像开了闸

祖父白着须发
叼着烟袋
吧嗒吧嗒
火星　烟霞
从容间依稀可见往日的叱咤

学问束之高阁
鸿儒委身于扭曲时代的马车
你纵身上马
鞭子一挥
骡马个个精神倍加

门外的槐树下
你的小憩之所

你让我用小手给你抹胡子
挠痒痒
这是你的极乐
只要我说想去看电影
你披上大氅
二话不说

天边泛起一道绛紫
如你用狼毫挥洒的长诗
破四旧幸存的古籍
你留给了父亲
却被我在滚滚红尘中遗失

2017.6.12

后　记

从小就梦想长大后成为作家或者诗人，梦想着能够出一本自己的书，没想到今天梦想终于成为现实。虽然此前也曾编著过法律方面的专著，但那似乎并未带给我如此的兴奋和惊喜。

遇见诗歌就遇见了美丽。记得小的时候，看着祖父用蝇头小楷在宣纸上写的厚厚的一本自制的线装诗集，我就暗下决心长大我也要学诗。小学、中学时代，在写作文时我偶尔会突发奇想，以打油诗作为文章的开头或结尾，以增添作文的新颖与别致。高二时在母校洛一高的布告栏看到北大的招生广告中有未名湖和博雅塔的照片，立时就为北大的美丽所倾倒，自那以后北大就成了我魂牵梦萦的地方。高考的三个志愿，我一律都填的是北大，虽然没能进中文系，也总算是心愿得偿。进入北大以后，美丽的未名湖、博雅塔、燕南园、南北阁、未名湖畔的小山和林荫小径、红楼及楼前草坪上的华表，以及校园外不远处荒凉的圆明园，这一切都充满着诗意。那时候盛行读书，除了上课就是到图书馆读各种世界名著。除了哲学、心理学、美学和小说，我涉猎最多的还是诗歌。李白、杜甫、白居易、李商隐、李贺、陆游、刘禹锡、苏轼、辛弃疾、李清照、李煜都是我的偶像。床头还经常放着几本中国古典诗词格律方面的读本，一有时间便在宿舍自学韵律。除此之外，现代诗的翘楚徐志摩、戴望舒以及国外的著名诗人歌德、雪莱、拜伦、莱蒙托夫、泰戈尔、普希金、勃朗宁夫人等也都是我的崇拜对象。当时正流行朦胧诗，北岛、顾城、舒婷已小有名气。北大的文学讲座我是每场必听的。三角地只要一贴出布告，我们就会呼朋唤友地去占座位。记得法律系还成立了晨钟文学社。由于对文学的热爱，我与梦天（即柳福华女士）、布小林结下了深厚的友谊。记得梦天填过一首词，题目是《病旅燕园》，那是她大病初愈后的人生感慨，令我感触良多。布小林写的一首现代诗《船》，至今我还珍藏在日记本里。大学四年，青春勃发的我们与美丽的诗为伴，在美丽的燕园度过了梦一般美丽的岁月。

遇见诗歌是一种幸运。遇见诗歌，我的生命才得以被拯救。诗歌陪伴我创造美、创造幸福、创造人生的奇迹。写诗于我是一种生活方式，是生命的远足，虽然孤独但却迷人。诗使我醉心于观察春夏秋冬风花雪月的无穷变幻，使我沉浸于倾听心灵深处的悸动和震颤，使我痴迷于对人生经历的追忆和情感世界的再现。正是这种让人心驰神迷的生命之旅，以及近乎宗教的执着与崇拜，使我忘记了病痛、焦虑与忧伤。是诗的魅力赋予我的生命以蓬勃向上的正能量。感谢诗神，感恩此生有诗相伴。也感谢我的父亲刘振亚、母亲赵玉梅以及我的祖父刘向哲，是他们的培养和熏陶赋予我一颗冰雪般的诗心。

本书不免有粗漏甚至谬误之处，个别地方还可能因病痛折磨导致情绪黯淡乃至悲观，但这毕竟是我学诗路上的一个小小的里程碑，是我对自然、生命、社会的真实体悟。感谢东方出版社！感谢东方出版社孙涵总编辑！衷心感谢我的老领导、我事业和人生的导师、国务院法制办原主任杨景宇老先生为本书题写书名！感谢我的北大老同学兼诗友、闺密，最高人民法院《人民司法》杂志社总编辑柳福华女士，她为本书的出版付出了巨大的热情和努力，衷心感谢她为本书作序！衷心感谢我大学时代的班长、挚友、君合律师事务所创始人肖微先生为本书付梓慷慨解囊，同样也由衷地感谢他为本书作序！感谢为本书顺利出版付出辛劳的编校、排版、设计等人员！感谢所有关注和支持我的同学、同事、亲朋好友以及国内外的诗友！

2017.7.8

秋笛

图书在版编目（CIP）数据

秋笛诗集 / 秋笛 著 . —北京：东方出版社，2017. 8
ISBN 978-7-5060-9861-8

Ⅰ . ①秋…　Ⅱ . ①秋…　Ⅲ . ①诗集－中国－当代　Ⅳ . ① I227

中国版本图书馆 CIP 数据核字（2017）第 196605 号

秋笛诗集
（QIUDI SHIJI）

作　　者：秋笛
责任编辑：孙涵　付华　葛灿红
出　　版：东方出版社
发　　行：人民东方出版传媒有限公司
地　　址：北京市东城区东四十条 113 号
邮　　编：100007
印　　刷：北京京都六环印刷厂
版　　次：2017 年 8 月第 1 版
印　　次：2017 年 8 月第 1 次印刷
开　　本：880mm × 1230mm　1/32
印　　张：12. 375
字　　数：78 千字
书　　号：ISBN 978-7-5060-9861-8
定　　价：68. 00 元
发行电话：（010）85924663　85924644　85924641